物华

诗悟花木三百首

李晓东 著

北京大学出版社

图书在版编目(CIP)数据

物华：诗悟花木三百首/李晓东著． — 北京：北京大学出版社，2014.10
ISBN 978-7-301-24991-8

Ⅰ.①物… Ⅱ.①李… Ⅲ.①诗词-作品集-中国-当代 Ⅳ.① I227

中国版本图书馆 CIP 数据核字（2014）第 234127 号

书　　　名：	物华：诗悟花木三百首
著作责任者：	李晓东　著
责 任 编 辑：	刘　洋
标 准 书 号：	ISBN 978-7-301-24991-8/I·2825
出 版 发 行：	北京大学出版社
地　　　址：	北京市海淀区成府路205号　100871
网　　　址：	http://www.pup.cn
新 浪 微 博：	@北京大学出版社
电 子 信 箱：	ss@pup.pku.edu.cn
电　　　话：	邮购部 62752015　发行部 62750672　编辑部 62752032
	出版部 62754962
印 刷 者：	北京大学印刷厂
经 销 者：	新华书店
	787毫米×1092毫米　16开本　21.75印张　86千字
	2014年10月第1版　2014年10月第1次印刷
定　　　价：	56.00元

未经许可，不得以任何方式复制或抄袭本书之部分或全部内容。
版权所有，侵权必究
举报电话：010-62752024　电子信箱：fd@pup.pku.edu.cn

目 录

序 1
桃花集二十四首 5
咏柳集十二首 31
海棠集十二首 45
梨花集十二首 59
蔷薇集十二首 73
牡丹集十二首 87
榴花集十二首 101
兰花集十二首 115
月季集十六首 129
凌霄集十二首 147
牵牛集十二首 161
芭蕉集十二首 175
白兰集十二首 189
荷花集六十首 203
紫薇集十六首 265
菊花集十八首 283
桂花集十六首 303
梅花集十八首 321

序

　　草木入诗，自古皆有。晓东君擅长咏物，常于花草树木之间寄托情怀。识晓东君而后读其诗词，更深感晓东君至情至性。一草一木，一山一水，天地物色，宇宙人生，无不见诸于笔端。秋菊堪餐，春兰可佩。本书所收的三百首诗词，虽是写花木，却是性情为骨，感悟为灵。其上承古词风，下开新诗韵，皆是晓东君感悟而得，宏阔简约，旧体新韵，尽于创新中兼而得之。

　　我深知晓东君素喜诗词，却也惊奇地看到他别开生面地摆脱词牌格律的羁绊，在此三百首诗词中自由挥洒。在恬淡真纯之人看来，花草树木皆有灵性，因而古今为人多以花木为友为伴。晓东君以颖悟的文思，为花木而歌而哭而扼腕，似乎他也能感受到草木的哀伤与喜悦：试花之树恰如少女未展之芳心，凋零之花合似盼归之怨女。唯有与草木同悲同喜、至情至性之人方能有此深切感悟，咏出饱蘸感情的华章。

诗品如人品，品诗如品人。晓东君一生传奇沉浮，但与文字结缘却自青年参加工作时便已有之。虽然之后商海沉浮，但笔耕生涯却从未间断，其自传《偶然》一书中已有详述。年少时便成风云人物，因了时势造化，叱咤当年，也伴有后来磨难塞拙。但无论坦途抑或命舛，晓东却矢志不徙。2012年更是捐资一个亿，无偿地为北京大学兴建了一所国内高校罕有的功能齐全的学生中心。世人多以其事业辉煌灿烂而喜，晓东却视功名利禄为偶得，看清看淡了一切。学生中心的建设过程之中，晓东君婉拒了一切宣传与访问活动，只愿将捐助一事做到实处，足见其对于莘莘学子的一片赤诚！晓东常说，人生不过就是"无—有—无"这样简单的三个字，而"无欲无私"才是人生的至高境界。或许正是有了几十年诗文为伴的生涯积淀，才令晓东自诗文之中得到此人生道理醍醐灌顶般的顿悟吧。

走笔至此，再分享晓东君的趣事一则，以飨各位读者。在某手机通讯软件之上，我与包括晓东君在内的诸位同好尝建一群组，诗文唱和、集韵互答。每日清晨皆会准时响起一声提示音，日复一日，不看便知，定是晓东君新作发来。迄今为止，日日不辍。我曾笑言：晓东君的新作上线，犹如雄鸡报晓。虽为博诸君一粲，却足以见得晓东君的才思敏捷，文思泉涌。

晓东君此次以凡十八种花木为题，精心选取了三百首结集出版，撷英咀华，读之可喜。余视其词集有"诗悟花木"之意境，故命其书名曰"物华"，"物"及"悟"之谐也。有诗曰：

　　　　自信人生有级差，
　　　　古今浪漫数诗家。
　　　　世间多少红颜事，
　　　　寄予清清草木花。

是为序。

赵为民
二〇一四年九月于大堂春

物华

桃花集二十四首

桃花·欢颜

溪水桃花朦胧间,雨滴纷落人微寒,潇潇满园忘旧年。

东风牵来还娇艳,新姿天地展欢颜,勃勃生机春无闲。

现场:
  春雨濛濛间,不经意又是桃花盛开的时节。满园桃花红艳,经细雨一洗,那一张张鲜嫩的娇颜在作者心中投下一抹红色倒影,似乎尘世的所有潇潇风雨、沧桑变迁都能遗忘在这满树灼灼其华之中。东风一吹,仿佛整个春日都在桃花的点缀之下活泼了起来。在作者心中,桃花用一味红艳来显示生命的快乐,用最质朴的心灵来报答春天,它不仅用娇艳的花朵来装饰春天,而且用朴实的真心来赞美春天,亘古千年,一直未变。

桃花·桃瘦

溪水亭上抚五弦,一曲桃瘦谁来怜,无奈扁舟浪延绵。

茫茫痴路痛失缘,江河西下归暮天,待到空无心方眠。

现场:

　　溪边桃花开得正好,作者漫步赏花,忽然听到溪边孤亭一阵幽怨古琴之音传来,仿佛满树桃花都齐齐地聆听这动人之音。在作者眼中,佳人艳若桃李,却也在孤身的守候中日渐憔悴。世人都爱桃花盛开的娇艳,却不知这盛开背后隐藏着如许的茫茫痴恋,直到失去后,满地落花,归入江河,才想要再觅失落的缘分,却又如何能得呢?

桃花·红妆

　　红妆梳就，春临溪流。又见暖阳，清风悠悠。闲荡小舟，寄心向楼头。

　　几点愁，几点幽，尽随山泉流，何须再解忧。明媚初阳下，一绽百花羞，独开天下秀。

现场：
　　春日迟迟，但是溪边那一棵桃花却早已临花照水，打扮停当了。就如同溪边赏花的美人，盛装而来，人比花娇。春日暖阳，清风悠悠，真是说不清是桃花艳若人面，还是人面更胜桃花。美人看得痴醉，心中却不禁萌生点点忧愁——如果有来生，不知自己可不可以也做一朵花？就做一朵俏生生舞于枝头的桃花。作者喜爱桃花那淡淡粉色晕在素帕上的娇羞，爱她轻轻坠地时哀戚的眼神。桃花一旦盛开便艳压群芳，溢满春色。

桃花·三月

　　和风卷朱帘,雨打桃花弄鲜妍。亭亭玉立小楼前,碧园,谁家莺燕谁家颜?

　　花开春难掩,杨柳随风水潋滟。微展笑靥醉千仙,灿然,裙过香染心流连。

现场:

　　人间三月,身畔拂过几缕春风,吹面若暖,飘过几丝春雨,沾衣欲湿。更喜满园桃花被这三月的和风细雨催红了面庞,一树艳红,亭亭玉立,作者看来看去,还是自家小园中的那一树桃花最是鲜妍。水面波光潋滟,燕子衔泥,有佳人同赏的时刻,桃花也羞涩地掩住了笑脸。梦里桃花依旧,春风难解相思。花开花落,不经意间,流失了岁月,流走了曾经风华绝代的妙人,唯有那曾被桃花染红的裙裾,一直长留在作者的记忆之中,久久不能忘怀。

桃花·离愁

依稀风住残梦横，寒水波重，又与佳人逢。诉尽别后沧桑事，空恨院外桃花浓。

欲书相思心忡忡，断桥雨濛，笛唤却无功。恰似离魂断肠中，凄凉孤苦与谁同？

现场：
　　残冬依稀已去，春意细雨如丝，悄无声息地染绿了苍白的山水，刚打了花骨朵的桃花树也被馨香东风染成了淡淡的粉色。但是不知道为何作者心中的寒冬依然不去，是因为初春那一场离别吗？让那些离愁别绪还悄藏于枝头，和着三月的柳笛声，吹拂着寒冬尘封的思绪，吹拂着那记忆中如桃花一般的容颜。作者用"空恨院外桃花浓"的意象，勾勒出藏于心中的脉脉深情，最后思念如同笛声悠扬而出，不知归处，留下千种愁思让人唏嘘不已。

桃花·桃源

春梦初醒桃花源，馨香隐若山水间。夜雨晨露凝墟烟，花落无言谁堪怜？旧时远水隔如渊，情断心忧叹流年。倩纱窗下忆婵娟，几番惆怅柔肠牵。

现场：

　　作者在雨后初霁的春日清晨醒来，一夜春雨润物无声，醒来就见桃花盛开，自家小园已经俨然成了陶渊明笔下的桃花源了。一树桃花如斯娇艳，面上似还带着春雨盈露，只是不知这般美景过后花谢花飞，除了作者，还有谁能心生怜惜？翠影斑驳的窗纱外透着生气勃勃的春日美景，时光荏苒，曾经的少年激昂转化成了如今的心静如水。来生若为桃花，定要在春风中，伴着那眼角沾泪的女子，只愿往昔的真情长存，能够感动天地。

桃花·相对

轻启杏帘,桃花风弄古琴弦,欲语还休,何事费熬煎?长风碧天,云舒云卷。芳庭景远,翠鸟鸣倦,斜晖红袖掩。

谁惹愁怨?离情别恨何必念?莫叹缘浅,魂去谁惜怜?几番香断,渐迷君眼。若如愿,随蝶飞旋,漫天云霞绚。

现场:
　　一阵桃花风伴着古琴弦音而来,哪里有粉灿桃花,哪里便有小鸟欢歌,人语欢笑。可是这一派欢乐之外,却有一位佳人,在桃园之中孤身而行,不知在为何事伤心煎熬。虽有花落,自有一番伤感,但在桃花染红的路上,仍有早春的蜜蜂扇动着忙碌的翅膀,绕耳嘤嗡。花朵间蝴蝶翩翩,红妆靓彩。此时此刻,很想化做一只蝴蝶,携着春风落入红尘,与一枝桃花相对,与一树桃花相对,与满园如同绚烂彩霞一般的桃花相对。

物　华 ｜ 诗悟花木三百首

WUHUA SHIWU HUAMU 300 SHOU

桃花·寂寞

岭上桃花连，白鹭上青天。宴坐听无弦，寂寞山云间。看似烂漫千篇，举目却难寻见。恨无折枝缘，独卧玉簟寒。

静怡眠，和风渐，相思远。几回相望缠绵，醉梦江岸颜。伊人横舟看过，又恐春恨冬怨，离愁袅如烟。心空方坦然，笑看一花禅。

现场：

　　岭上的一树树桃花，红如彩霞，一只白鹭自岭上天空飞过，点缀在漫天桃花红的背景之上，让人目不暇接。远远望去，一层淡淡的薄雾漂浮在山坡上，弥漫在桃林间，微弱的霞光洒在轻雾上，把远近的景物染上了浅浅的粉红色。满山遍野排列整齐的桃树，在琴音的伴随之下，像列队起舞的演员，婀娜多姿地舒展着向上的枝叶。抬头看是桃花，低头看还是桃花，闭上眼睛看到的，依旧是桃花。虽然美丽至此，但作者也只能自叹无缘，只得独守空楼，对着千树烂漫，独叹孤身。那一种千年而下的宁静，甚至令作者意会到一种无法言传的禅意。

桃花·昨天

忘却旧时颜，桃花开千年。拈花忆红颜，君去一酒仙。唤来如茵芊芊，雁归白云恋。叹昨天，举案齐眉间，呢喃多牵念。

今宵月悬，清辉寒，云水间。回眸看，烦恼在无缘，看淡来去亦无怨。何必执念，风雨多变迁，碧海星辰远，不如秉烛鉴，沧海与桑田。

现场：
　　作者漫步于静谧的桃林之中，任凭思绪自由地飘荡，大雁翱翔在白云间，碧绿的草坪与粉红的桃红相映生辉，眼前绯红一片。微风过处，树枝微颤，清新的空气中融合着桃花的香味。仿佛千年的时光当中，这一树鲜艳从未变过。一丝清幽的花香，让往事又蓦地浮上作者的心头，随手拈起一个花瓣，手指一捻，手也是香喷喷的。作者极目远眺，一树树，一片片漫山遍野已经开遍，粉红粉红的花瓣，使周围的整个山川看起来都显得分外娇娆。这满树丹彩，也曾是沧海桑田的变迁，不仅仅是大自然的魅力，同时也是人类汗水的造就。

桃花·本色

独饮浊酒闲，醉意渐。小院深庭，桃花初绽，朵朵朝天染雨艳。一阵东风拂面，朦胧间，谁知本源。径去溪流叹落妍，堤岸远，倩影已不见。

云鬟卷，扰人面。山寺钟声到耳边，尘尘归旧莫惜颜。又只恐，灯孤影寒。无人相伴西窗烛，暮色起，独暄妍。

现场：

斟满一杯浊酒，作者与这满园桃花对饮，一丝醉意由这小小庭院之中漫上心头，桃花总是给人以太多的遐想，即使作者用尽饱含情思的笔调，也无法将内心那种对桃花的向往和倾慕全部说完。桃花便无端地跟剪不断理还乱的情感纠结，扯上了不清不楚的关系。作者凝望着这桃花的世界，不知当年陶渊明笔下误入桃花源中的武陵人，享受的桃源生活就是这份孤独么？无人相伴身侧，只得孤身对长空，空叹夜色绵绵。

桃花·春山

　　静怡桃花山，红妆欲燃，几朵白云头上看，春日多情颜色染，溪涧水潺潺。

　　林间雀鸟欢，枝头唱叹。春情逸致向天宽，嫣然清香满峰峦，倩女独倚栏。

现场：
　　作者穿行于桃林间，只见彩蝶在枝上飞舞，蜜蜂在花蕊间穿梭，嗡嗡吟唱，和风吹拂过后，一股股花香沁人心脾。而那些绽放在枝头、枝丫间的桃花，在微风的吹拂下，则精神焕发地摇头晃脑、手舞足蹈。粉红的雾浮游缠绕在粉红的花间，粉红的花颤动绽俏在粉红的雾间，使桃林红成一片，山坡红成一片，犹如天上的红霞扑向了大地。天是红的，地是红的，人是红的。一时间，天地变成了红彤彤的世界。陶醉在这粉红的花雾间，让人如坠五里雾中。

桃花·坦然

　　一岭桃园东风暖，吹笑柳枝弯，平野接高山。灵犀一点刹那觉，心比天地宽。

　　心钟声度自在观，佛前发愿，虔心对戒坛。普度众生慈悲心，大千世界皆同欢。

现场：

　　桃花总是开在令人喜悦的季节，那满山遍岭的桃花只道是春风将其摇红，春风亦被其摇香。春风吹拂下的整个山川，也许为弥补迟到的春天，都开满了桃花，朵朵角逐，一朵胜似一朵地展示身姿的娇容。当她初绽枝头时，觉得春天是娇羞的；当她花开满树满林时，又觉得春天是热烈奔放的。阳光灿烂，她艳得几欲燃烧；细雨迷蒙，她又娇弱得惹人轻怜。或晴或雨，她总是那般妩媚动人；或浓或淡，她都不失温柔婉约。无论是人们把她喻为丽人也好，喻为红霞也罢，她都付诸一笑。也许这就是属于桃花的禅意，不管世事如何变迁，她仍是这般艳丽却淡然。

桃花·流水

春风吹拂云苍茫，山连夕阳长。无奈雨打残花落，流水去何方？

桃花瘦，人行忙，梦断肠。小舟远航，一片汪洋，何时复归乡？

现场：

三月，一阵云烟拂过，便是一场细雨，云雾迷茫间，已是桃花的季节。细雨落在娇艳的花瓣之上，恍惚间如美人的泪水，载着作者满心的愁绪随风飘散。作者深知，如此美景，可堪追忆，只因在经历了一个冬的沉寂之后，当春天的暖风轻轻吹过，从第一枝桃花凌空伸展开始，桃花的明艳便渐渐染遍了沟沟坎坎、坡坡岭岭。作者伫立在岭上，遥望着佳人登舟远航，还未来得及与之共赏桃花，就要挥手道别，留下无限的惆怅和遗憾了。

桃花·渔舟

　　春意渐浓柳眼绿,微风吹过太阳雨。雀鸟欢鸣桃花笑,小楼花影伴窈窕。独立木栈水无际,一片小舟渔家女。摇橹远去歌无影,何日君归醉花语?

现场:
　　春意渐浓,桃花娇嫩的花瓣在春风中轻轻颤抖着。一阵细雨伴着初升的暖阳,润湿了嫩嫩的花蕊,整个大地如此柔软,覆满了刚出生的小草,作者深深地嗅着春日清晨桃花园里特有的香味,安静地站在桃林中间。柳絮飘散在风中,温柔地笑着。桃花浓淡高低,柳色氤氲迷蒙。缠绵悱恻,凄迷的景色和伤春的情绪,浑然一体。当一朵朵桃花被牧童的歌声吹到了枝头,万顷桃园顿时灿烂成一片花海。此时,应有一位眉目清秀的姑娘,手持团扇,睫毛低垂,在桃花树下喃喃自语。试问桃花,可是你能解开她醉人的花语?

桃花·春望

楚竹清湘烹酒熟，远望碧树。伊人轻语唱，琴声幽咽无归处。道不完孤魂凄苦，寒夜倚窗发懒梳。桃花如初，残梦惊如故。君去鸿雁无归日，惟愿来世再相赎。

现场：

春水初生，一叶小舟载着作者顺流而下，烹酒赏春，夹岸桃花已陆陆续续在盛开，阵阵清香迎面而来，袅袅琴声拂耳而过，那是春风撩拨着琴弦，还是佳人在轻声歌唱？作者只是任思绪飞扬。一遍遍描摹着春的足迹。只是不知此刻，佳人又在哪里，是在倚窗梳妆，还是幽咽孤苦？不知她是否还怀着一份浓浓的情意，遥遥思念着远去的爱人？远天高飞的鸿雁是否带着你的回应而归？桃花园中，细雨霏霏，上天仿佛洞穿了她的心思，让思念随着缠缠绵绵的桃花雨一起流进心底，期盼来生还能共聚。

桃花·早春

昨夜寒雨扣冷窗,风卷残梦去远方。斜晖暮色透凄凉,但寻迟来是残阳。二月早春虽降霜,难挡嫩芽催滋长。含苞欲展桃红艳,不忘君去诀别伤。

曾经执手不忍别,泪眼蒙蒙碎断肠。今夕千里闻清香,相见自胜苦恋想。旧年七夕长堤上,两池荷静叹故乡。流云散去笑朗朗,唯留孤影对空廊。

现场:

乍暖还寒时候,一夜冷雨敲击窗棂,作者清晨梦醒,沿着小径向桃花深处走去。桃花园也已是满园春色关不住,远看绯云一片,近瞧云霞万朵,千株桃花姿态各异,流溢着淡雅的芬芳,山野弥漫着香馨,花枝在阳光下和风摇曳。顷刻间,心神仿佛抛却尘寰,误入仙境。沐着春光,闻着花香,远远地看到一个熟悉的身影,仿佛梦境中千回百转,萦绕于心的故人,一见之下,仍让作者心潮起伏,不能自已。遥想当年,春日桃李艳,夏日荷花香,在百花见证下许下的诺言,如今却只剩一片空白,唯有桃花清香,久久伴着孤身的作者静坐。

桃花·冷香

又临浦江，对煦日清风，近闻冷香。暮色斜阳，玉影依稀桃花乡，笛声苍茫。新燕回，天地沐春光。

徒留残想，泽地鸥鹭忙。鹊栖枝上，小楼烛火，红尘未尽馀幽香。弄剑舞长风，千千树，黯然伤。凭冷窗，寄语长，几时归，乌衣巷？

现场：
　　春日暮色中，作者独对一院桃艳，念及当日在浦江畔送别的故人，不知此刻身在何处，是否也是一个风和日丽的天气，欣赏着桃红李艳？点起烛光，在小楼的轩窗内随风摇曳着，看到的却都是故人如花的笑脸，仿佛还在不停地呢喃着思念的絮语。桃花的清氛晕染着作者一生的牵绊。心中纵有无限寄语，也只能化为一句"几时归"的问句，却得不到回答。

桃花·春寒

　　幽梅徒为古琴瘦，寒雨风清江波流。燕子飘飘衔春来，鸦声还留几回悠。

　　烟笼苍茫难回首，堤上桃花不知愁。客舟千帆皆过尽，佳人最忆是旧游。

现场：

　　桃花犹如一团团细小的火焰，仿佛是催促着人们渐次脱下棉衣，换上春装，展露轻盈的身姿。白色的桃花洁白如玉似棉，粉色的桃花粉如绽放的杜鹃。朵朵桃花，每一朵都开得那么努力，那么认真。含苞欲放的，个个都值得期待；盛开枝头的，朵朵都不负春光。蓦地，一阵春风从作者头顶吹过，几片尚未开尽的花瓣飘落，作者的心突然颤动起来。桃花的美，弱不禁风啊！那些刚刚还在枝头昂首微笑的花儿，眨眼间便落入了尘土，这种美实在有点让人不忍。一丝毫无来由的悲凉从心底升起，作者不禁想起了现在人与人之间的爱，灿烂就犹如这短暂的桃花，来得早去得快，恩未绝情先断，眨眼间便魂飞魄散了，只剩下佳人望尽千帆，空忆旧游。

桃花·春梦

　　春梦风清桃花秀，孤醉西园玉庭愁，引来彩蝶翩跹留。

　　一曲恋歌欢何求，只道妩媚水映瘦，怎知月华也含羞？

现场：
　　青山绿树中，远远地看着一树桃花，霓裳轻舞，一抹抹或浓或淡的胭脂白粉不经意中浸染了林间，春风过，千娇百媚，笑里依稀轻轻语声。作者的心猛然有些怦动。这是不是就是所谓的世外桃花源？偏离于闹市，择一山一水的灵气，撷百花之清幽，再偷来些许少女的娇羞，轻柔地吹着玉笛展着芳姿，无论红尘中的人来不来，早春的寂寞已经散去。那夜色中摇曳的桃花美得绝伦，想来就算是明月也会被这美丽羞得躲进云层中去吧。

桃花·春情

　　避雨灯街初程，相识巧约同行。长袖轻飘绣帕遗，三月桃花迷，不忘相思忆。

　　岁月流水空远逝，行云难留初逢喜。梦醒难寻伊人影，心随千万里，一去了无迹。

现场：
　　桃花是晨风中摇曳绽放的春色，也是春夜西窗前缠绵不绝的情思。一朵桃花，就是一个盛开的微笑，就是一片遗落的相思。许是长街上因避雨而结缘的思恋太深，许是对桃花痴恋的太深，作者只想追寻一人身影而去，携手共赴桃花深处。无须如桃花源那样隐逸，也不奢求像桃花岛那般神秘，只要一份自然与和谐就够。望着眼前桃树的绰约风韵，和桃花浸染的美境佳情，作者恋恋不舍地走下山来，一步一回头，告别了深深印刻在心田的桃林，和那成片的万紫千红的朵朵桃花。

桃花·春燕

　　春意傲，清风笑。雨挂天幕，江山任缥缈。滋润草茵翠意晓，唤醒牧童，悠然笛声早。

　　一路谣，杨柳娇。岸堤悄悄，客舟犹未到。待到桃红满地俏，旧燕归巢，倩影随烟闹。

现场：
　　春意傲桃枝，清风笑桃盛。无数个春天里，作者总在寻觅桃花的芳迹，是童年自家那一园桃花，还是深印心田的关于桃花的喟叹。年年花开，曾经相识的人和事，却在岁月中渐渐模糊了。作者赏花赋词，难道也是竭力让自己留住一种情怀？说不清楚也懒得理清，就暂且让一切惆怅随着袅袅云烟飘散吧。只知此时，大自然赐予作者的是满怀的感动，那其实是一种记忆中久违的幸福，春暖花开的幸福。

桃花·恋人

极目苍茫又逢春，红桃映碧云。怀芳千里，旧年忆，岁岁思故人。

独上西楼，倚栏听风，雾锁愁深。执手更堪烛泪尽，日月逝，难回魂。

现场：

经过一冬萧索，春天终于来了，最先带来逢春消息的是一院桃花。桃花嫣红，如新嫁的少女，羞怯中带着漫溢的幸福，映着身后空旷湛蓝的天空，柔婉舒展。一朵朵白云仿佛长在桃枝上，人如花中仙，或伏或仰，醉心不啻《红楼梦》中醉眠的湘云。低谷处有流水穿过，似仙乐淙淙，若在此烹泉煮茶，清风为伴，琴音相生，神仙可以不做，哪有世间凡夫逍遥自在。这时光，便是愁云雾锁的心胸，也瞬间消散了所有的愁绪。

桃花·春水

　　一江春水孤舟行，细雨洗山青。山鹰翔，两峰翠色锁岸亭。牧牛耕，鸭群随后鸣。

　　栈桥剪只影，一湾桃红映，静心听。牧童横笛猜花令，花落径，含香醉伴卿。

现场：
　　一叶小舟逐着桃花汛而下，两岸的桃林深处，桃红如云，苍郁的枝干和花的莹润相映，那一树的繁华和浪漫没有这样沉郁的承载，断不会开得这么热烈和繁盛。细看花瓣白如凝脂，花蕊暗红，不觉间有清幽的香气沁人心脾。桃林间隐隐约约的，透出一抹青山的影子，山青如黛，山鹰在高空翱翔。陶渊明采菊东篱悠然南山，作者也是抬头桃花葳蕤，云在诗画中，仿佛正沿着武陵人当年的足迹深入桃花源，一路农庄傍山而生，错错落落的极有情致，牧童横笛悠悠传来，伴君回归。

桃花·来年

　　白露秋分，一场风雨送清芬。蓝田沧海，熏香静无尘。广袖素裙，归雁缠绵新。叹来年清明，禹甸阳春，桃花伴君巡。

　　谁在留应？半月犹在照晚行。君抚古琴，一首阳关尽心听，回望江河银光粼。待到春光重来时，暖遍人间动芳馨。

现场：
　　桃花时节虽已过，但桃花盛极时那入目即花，眼花缭乱，明媚娇艳的胜景却一直深印于作者的心海，即便此时已是白露时分，秋寒已降，但那含笑的重瓣，有的还犹抱着琵琶含苞待放，倒也不失雅致，红的俏丽，白的素洁，淡些的则显得清秀，偶尔还有蜜蜂辛勤地穿梭其中，恍惚间，作者以为自己入了梦，只是梦中在勾勒着一幅来年桃花伴随身侧的美好画卷。春风夹送来花儿的馨香，淡淡的，幽幽的，吸一口，人都醉了，一颗心，也跟着如花怒放。

物华

咏柳集十二首

咏柳·柳花

梦里冬雪重踏,春风几度生绿芽。绵绵绽放,漫天飘洒,花亦非花,应是柳花。轻如娇燕,飞伴云霞,幻若精灵,凭谁问,又有何语答?

莫怪柳花无心,应恨世情多变卦。心如竹筏,凌水飘滑。看遍天下,哪堪浮夸?归来港湾,重逢未嫁,携手不落,怜惜春华,朵朵俱无瑕。

现场:
  春日到来,冬寒已是云烟过眼,群莺乱飞,作者耳闻雀鸟鸣叫,恰有一缕春风从门窗的缝隙穿过,催开了作者心底深处封存的一抹温柔。抬起头,窗外的柳树翠芽满枝,间或有零星的柳花落下,似在下着一场春日里的柳花雪,点点滴滴,轻如娇燕,动若精灵,虽然都是零落成泥,翩然凋零的结局,却有一段残香留存世间。正如花开花落一般,失去与拥有总是一个反复的过程,赏花人总会在失去时候不觉,又总在真正想拥有的时候才发现,一切已是再回不到从前……以至日日被思念浸染,却从此相信,柳花之美却再不会远去。只因,来年不远,记住约定,在湖岸,在溪水边,水去东流,一树柳花却依然纯净,朵朵无瑕。

咏柳·飞絮

风吻江岸垂柳,堪比美人柔。柳丝如发,知春绿意悠。亭台古琴声幽,仙舞妖娆,舒广袖,蓦然回眸。花飞就,握不住一剪纤腰,过眼无数,蒙蒙天际流。守不住,思与愁,情归何处?潮起潮落沧海忧。

现场:

　　春暖花开,春风徐来,站在江岸边的垂柳之下,静静地感受春天的烂漫和惊喜。那风吹不乱的万条丝绦,不正像是春姑娘额前的刘海一般吗?作者一睹春姑娘的芳容,不禁满心欢喜。而作者心中那曾经的故事却永远在安静地守候着。柳花飞就,却守不住,思与愁。遥相牵挂,心起涟漪,仿佛沧海潮起潮落,令人感叹不已。

咏柳·江岸

栈桥西,风吹柳花飘絮。岸亭琵琶韵雨,曲声太凄凄。欲闻落蕊悲泣,又恐难自已,不解心意。旧年离别去,又过归期,何日相聚?

往事历历,春燕含泥,朗朗晨曦。落日沉西,沧海盟誓,一弯月洗。温柔乡里,夜长梦短,遥遥静寂。可怜伊人,幽梦难觅。心迷离,山重水复归无计。剪不断,相思无寄。

现场:
  作者在这首词中描绘的是一个极美的爱情故事。河岸边,杨柳下,一对年轻人相约黄昏后,他们情意绵绵,或牵手轻步,或静坐默对,春风依依,头上的柳枝轻轻地拂着他们的脸庞,他们在这里度过了多少个黄昏。有一天,为了上京赶考,书生不得不与美人离别。又是黄昏,女子只身来到这里,蒙蒙细雨,泪眼模糊,身旁的柳树仿佛也述说着过去的每一个日子……岸边离愁无从寄托,只得托付漫天柳花飘絮的愁绪。

物　华 ｜ 诗悟花木三百首
WUHUA SHIWU HUAMU 300 SHOU

咏柳·雨浓

　　昨夜雨骤怨西风，漫天柳花入水中。楚楚伤痛，凄凉孤冢，惋惜无从。春去匆匆，伤春谁与同？

　　遥看天幕数晨昏，月隐星稀云影重。谁又添，寂寞愁？风卷柳絮入澄空，繁花何忍急相送？若为春住，云霄之上心亦同。

现场：

　　作者立于水岸，清风吹拂，昨夜的风急雨骤已经止歇，漫天柳花在熏风之中扬起，却又无可奈何地落入浊水之中，飘逝而去，此情此景，不禁令作者心伤，在清晨的阳光中，看到的却是这样凄凉的一番景象。漫天柳花正像是失去陪伴的佳人，在无望的守候中，空余那凄凉的美丽。作者不禁发问，难道这百花争艳的春天还容不下一树稚嫩的柳花吗？如果不是因为妒忌，为何要让这漫天柳花匆匆地便离开这世间呢？或许，它是为追寻着漂泊飞逝的名字，是为那长眠不已的思念，守候着生命中的慈悲，即使那只是伤和痛的结果仅存悲叹，抑或那花和月在梦里瞬间开败，也是无奈的归宿。

咏柳·横笛

  阵阵翠鸟讴，新雨洗旧愁。千年树，初识意还羞。举首凭谁叹寥落，骄阳无须忧。

  东风梳杨柳，桃花逐水流。佳人笑，横笛隔墙秀。曲声清悠池水皱，白鹭戏兰舟。

现场：
  春天真是个百花争艳的季节，莫说那春风中怒放朵朵艳丽的花儿，就连鸟儿也被这无边春光感染，唱着阵阵撩拨人心的歌。那粉红的桃花，多像一个娇嫩可爱的美人儿，躲在密集油亮的叶丛中，娇羞地放出笑脸，人们总爱称赞桃花儿美，叶美如碧玉般油亮，花美如牡丹般娇嫩，几乎无花可比。百花争艳的春日里，唯独东风扶摇下的柳树，既深沉又美丽，它全然不顾人们对它们的疏忽。每到春夏之交，柳树在和煦的春风中垂下了万条丝绦，轻抚着春风吹皱的池水，迎风而立，明媚动人，千朵万树，楚楚有致。

咏柳·初心

春风弄柳玉芽新,柔枝拂水戏浮萍。执手脉脉水天近,多情应不负初心。拂面似醉烟云袅,别过旧年几多亲。飞絮漫天伴蝶舞,一叶孤舟漫调琴。

现场:

春风之手带着丝丝暖意,唤醒了熟睡的人们,也唤醒了沉睡的大地。一股新鲜湿润的空气扑面而来,春雨已经停了,只剩下阵阵轻烟笼罩着柳树飘摇的绿意,如梦似幻。作者从梦中醒来,却还能依稀忆及梦中那碧水如带,乘船沿着溪水曲折蜿蜒,一处翠柳之下,世事如潮,唯有一声古琴幽幽,刺穿那重重雾霭。那旖旎骀荡的春光,那世间万物在春色沐浴下的勃勃生机,令作者陶醉不已。

咏柳·诉情

　　东风拂柳多情误，飞花飘落池畔树。绿水翠萍住，翌年春来谁与度？伊人岸亭伫，琴瑟好音倩谁诉。倚树横笛唤白鹭，落叶萧萧入平湖。

　　犹忆小楼梦如初，朗声吟诵润语读。研墨付丹青，喃喃衷情诉。谁知一觉来时路，孤舟已逝迷津渡。数载相思念君苦，茫茫水天悠悠处。

现场：
　　冬去春来，熏风徐徐，作者却有着愁肠百结。还记得那岸上亭内琴瑟互答的温暖缠绵，然而又有谁能懂得那离别之后再也不能相见的思念之情呢？那些年少的青葱念想，就像老朋友，忽然间来到面前，小心翼翼地翻开一片片泛黄的叶子，飘出一阵又一阵春天的气息。那淡淡的墨香，像是过了几个世纪，又像是昨天的回忆。作者依旧对那个春天一往情深，但物是人非，只能孤身一人望着空荡荡的茫茫水面独自叹息了。

物　华　｜　诗悟花木三百首

咏柳·春趣

晓来东风添暖意，雅园幽径曲。条条细绦泛新绿，翠芽映碧玉。春山黛野重烟聚，燕归堂前剪花雨。

湖岸柳尖垂水依，小鱼悠闲戏。圈圈点点画涟漪，黄鸭惊浪嬉。几多春趣摇橹移，红衫少女逐花堤。

现场：
　　作者踏足微风中的太阳湖大花园，正逢春雨如丝，云雾缠绕，湖边柳树若隐若现，动人无比。一湖碧水靛青，如丝绸般泛着光亮的水，与远处的丹山辉映，仿佛一幅巨大的水墨画，有的是大笔挥毫，有的是小处着色，也有随性大方的泼墨渲染。一切都在春雨的滋润之下，就算在雨雾中也氤氲着一片化不开的浓情。春燕与黄鸭，池中的游鱼，都是一副悠然自得的样子，还有水面上轻摇木桨的红衫少女，采了满船的鲜花正向清晨的集市缓缓而行。作者在小径上慢悠悠地走着，看着这一切仿佛一个世外桃源。

咏柳·晓风

　　春风拂柳舞飘逸，细腰婀娜醉无力。兰棹入水溪，波痕逐鱼嬉。初阳疏影谁亭立？再见柳君叙童谊。娇莺翻晨曲，扁舟逆水去。

现场：
　　清风吹拂，柳树摇摆起腰肢，清泉沁入土中，小草吐出绿意。小鱼也伸展了身子，溅起的朵朵水花洒进溪里，流水幸福得唱出歌声，云朵趁机褪去冬日的暗色与臃肿，映入小溪，明晰舒展的样子令人惊讶。季节，如是分明。牧童折下一段柳枝，做成了柳笛，悠悠地吹起，一眼望去那清凌凌的水面，小鱼漾起微波粼粼。一叶小舟逆水而去，在阳光下，淡泊而自在，意境悠远。

咏柳·君回

烟柳绿丝垂,雨霖已成醉。微风寻梦蕾,蝴蝶追花累。瑶琴吟诗对,翠鸟飞影随。忍咽相思泪,伊人幽蹙眉。

现场:

  作者踏春,顺山路蜿蜒而上,翠黛满眼、鸟鸣呖呖。满目垂柳像是被一阵青色袅烟笼罩,不觉已是醉了。一株垂柳就是一位风华绝代的美人儿,迷人的旖旎,婉约的娇姿,尽得风流。遥想当日送别,烟雨绵绵,故人独立客舟之上,挥手轻别,那散落满地的花瓣透着忧伤迷人的美。扑面而来的花香,一缕缕,一丝丝,一阵阵地沁入作者的心房,融进作者的心田。

咏柳·润雨

　　风卷紫烟锁湖岸，垂柳万条点水澜。漫天飞絮离人叹，拂去尘埃翠色还。满饮金樽醉无眠，莫笑东风化雨闲。

现场：

　　春天临近，湖岸上已是紫烟袅袅，作者赏柳吟诗，丝绦拂堤，湖面上荡起阵阵涟漪，让人分明感到了春天的风，慈祥而温暖。春暖花开的时候，看满园的桃花朵朵开。那远走的离人，曾经年少的轻狂，浪漫和真挚，被愈来愈多的深沉所代替。一种时间飞逝的紧迫感，如潮汐般一浪一浪地打在心头，只能在金樽之中斟满美酒，才能忘却那些寂寞的惆怅与心灵的孤寂。也许醉了，便会在这春天垂柳的牵引下忘记一切，就如同那远走的离人，也被唤起了归乡的情思，盼望着早日回乡呢。

咏柳 · 秋雨

秋雨零落柳花谢,水涨浊溪小舟斜。风吹千绦寂寞别,暮色山野笼青烟。霜降坡地冰凉街,紧锁朱门难成眠。伊人心思落素笺,无尽苍凉上天阶。

现场:

  清冷的秋雨和清淡的薄雾,打落了一树已经枯黄的柳叶,雨珠仿若扯不断的丝线般绵延且紊乱,漫过细柳,楼台,渐渐便把窗外的景也涂抹成了朦胧的轮廓。水波涛涌,水天茫茫之时,忽然江畔的小楼里传来一阵奇妙的旋律,声音飘渺弥漫,似乎近在耳边,又似乎远在天边。小楼轩窗内的淡影靠近过来,原是那美丽女子,见到情郎,互诉衷肠。秋夜的白霜点点,如同星辰一样一闪一闪,纷纷下落,那是春日里扬起的柳絮纷扬,随着星辰一样下落。这偶然一会,似轻舟摇过,只留下栈桥上一缕淡淡幽香,大水淼茫,令人顿生禅意。

物华

海棠集十二首

海棠·望乡

大唐袅袅春海棠，娇娆初绽满庭芳。含苞羞，嫩红娘，千古醉望乡。

别后忆梓桑，寸断肠。烹茗暂为百年想，梦飞扬。

现场：
　　本词描绘了作者看到北京大学赵为民老师的雅园"大唐春"中百年海棠照之后的感悟。照片中海棠初绽娇俏可人，预示着春天的再次来临。海棠娇蕊犹如美人一般惹人怜爱，点燃一庭春色，一院芬芳。可忧愁乍起，难以阻绝，不知怎的，想起了千里之外的故乡。桑梓可在？思之断肠。满院的海棠花开得正艳，正如当年家乡旧景，可春色依旧，离人却在何处流浪？在海棠树下聊自煮茶，又有谁人堪相邀，只得漫看，鲜花锦簇，再次盛放。一壶清茗，可否消去年年岁岁花相似，岁岁年年人不同的惆怅？

物　华 ｜ 诗悟花木三百首

WUHUA SHIWU HUAMU 300 SHOU

海棠·念想

　　知你春风无寻迹，守候十年独彷徨。不回首，常念想，相伴地老与天荒。

　　莫问谁心伤？画上妆，温衾抚旧炕，泪成双。

现场：

　　这首词同样也是抒写作者看到"大唐春"百年海棠照之后的感悟。这首词是怀旧之篇，浸润着作者的思怀。作者写道，知道孤人一生漂泊犹如春风中飘荡的花朵般自由不羁，又有什么人能够痴心不改地守候十年之久？往事虽然美好，可逝去的年华回想起来却是无言泪千行。天风欲凉，人情冷暖，地老天荒。不知来年何日复相见，又见伊人画上旧时妆，着上旧时裳，坐在当年两人的温暖土炕。执手相对之时，恐不能说尽这十年离别，只有垂泪无语，百感相交。

海棠·天涯

别类西府俏海棠,翘立檐沿上。院落小,街市忙,谁闻香?墙外离人伤。

天涯云水长,总苍茫。孤灯相对叹凄凉,零丁洋。

现场:
 作者途经一处幽深院落,看里面的西府海棠开得正好,于是轻轻在院落外踱步张望,享看这春色娇俏。得意之中却不禁喟叹,这院落狭小,街市中的人来来往往如此匆忙,又有几人可以闻见这若有还无的清香?这天地苍茫,世间广袤,有人却愿上下求索这一缕幽香。可无奈天公不遂人愿,偏要将相爱的人相隔天涯一方,而念及此,作者所能做的也仅有慨叹伶仃凄凉。

海棠·菩提

海棠娇嗔，雨洗清宵，花蕾未吐香袅袅。亭内佳人，住弦听黄鸟。前尘应念旧日，空回渺。苍凉江河，孤篷万里，只剩花镜独照。

山啸！天神到。菩提祈邀，折枝相报，茶凉知音少，琴弦为谁调。痴心撼动天地摇，此情意，君心可曾明了？人生到处，卿命谁悼，花魂伴老。

现场：

  这首词与之后的几首一同诉说了一个凄美的爱情故事。词的开篇描绘了海棠树下坐着一位女子，素手弄弦，抚琴唱开了天边拂晓，她淡雅美丽犹如雨后的海棠花。琴声中诉说的什么？是旧事阑珊，不忍卒道，当年心爱的人驰骋沙场，血洒他乡，体现了一个男子的骨气和骄傲。如今故人已逝，女子树下闲弹，希望他的魂魄能在归来时听到。曲中情意，只与君相道。向菩提祈福，希望他一切安好，知音已逝，琴曲再与何人弹，清茶更与何人邀？拳拳心意使天地动容，伊人曲弦含无数的话儿，只有他知道。谁来悼念他的生命？伊人拨弦，此生花下抚琴，佳人心中自语，愿与君共走世间一遭。

海棠·茶香

知君甚爱春海棠，举头畅想，风暖蕊盛放。灵性相通带芬芳，唯恐自醉沉梦乡，雨打花落，浑然不明详。晨起又是哭断肠，泪水难洗心内伤。

昨夜琴曲唱微光，千遍万目，悠悠芳草长。倩女煎来岩茶王，不是知透君心愿，哪有馨味，浸入茶水香。唯恐夜深花睡去，夜夜守护海棠香。

现场：

　　这首词是作者上篇凄美爱情故事里的一幕，叙述了一位女子与一位将军天人相隔之后的慨叹。女子知道旧时爱人酷爱海棠，尤其爱在这暖风熏熏之日，举杯畅饮。可这景色依旧，将军身在何方？为何不见他举杯相邀，共享这海棠之美？伊人幽思冥想，竟在梦中梦见了日夜牵挂的他。梦中的一切都是旧时模样，他依旧伴在身旁，梦境如此美好，让人不忍在酒醉中醒来。可梦总有醒来的时候，当女子每每发现这只是一个梦，都情不自禁恸哭不已。醒来君影不见，唯有满目芳草连天依旧，芳草的另一边是否站着他？女子不敢再次醉去以添新伤，于是取来新茶于树下烹煮，不知是否万物皆有灵，可知人心，茶水中竟然透出一股海棠香气。是将军的魂魄栖于花上么？伊人是以夜夜守护在海棠花身旁，就好似将军当年依旧在时一样。

海棠·谷雨

谷雨倾情满堂馨,粉霞红伶,佳人叹吟。不是春风不远行,莫追盘古,无奈明清。如若因果是禅机,润天育地,卿卿为民。

现场:

    谷雨来时浸润海棠,一院香气袭人,海棠花犹如天边的粉云一般梦幻似真。香气萦绕周身,不但花朵可爱喜人,还用清香感化世人。伶人空有美貌,虽能歌善舞,可又有几人有此气节胸襟。反观海棠娇弱,风吹之则落尽,但即便如此,从盘古到明清,海棠花却一直认认真真的把清香洒向人间,千万年来一丝不苟。是而作者感慨,若是因果报应真实存在,自己也愿意化作海棠一般,静静地润泽天地,仔仔细细地为众人做一番贡献,尽自己的微薄之力。

海棠·孤心

春末碎瓣随风零,跌落无情,可怜横塘浮萍。伊人焚葬离人心,一柱沉香,遥寄魂灵。

峻岭沧海隔幽冥,死生契阔,轮回性灵独存。香蕊千千唤君应,江山易老,海棠常新。

现场:

春天将尽之时,海棠花瓣凋零,一人痴守的海棠树,就这样悄然褪尽最后的红妆,人道是落红无情,正如此景。伊人最后的怀念依托之物,就此失去,只好自己焚一炷沉香来祭奠亡灵,默默问将军可知道这沉香一点点烧尽的是伊人的心?曾经沧海难为水,斯人已去,暗自焚心。梦中的崇山峻岭阻隔了他们之间的世界,生生死死演绎的是千年的悲叹,只期待来生相见。

海棠·知己

　　风吹残红落满地,惜花人,悄然寄。幸有知己堪慰藉,无畏天涯无情雨。几度春秋,几番添寒衣。

　　檀香袅袅月沉西,欲祀亡灵咽声凄。人世何曾辨明理,轮回禅意,胡不归去？淡泊风雨立？

现场：

　　风雨总是如此的无情,吹落的不是海棠,而是离愁别绪。佳人惜花,却只能默然地看着乱红飞舞,春归去也束手无策。若有知己故人相伴,又有谁会独自凭栏,徒起伤春之意,谁又会畏惧突如其来的滂沱大雨。可经年流去,日子却在思念中度过,再也泛不起一丝涟漪,伊人点的檀香已经燃尽,天边的月亮也渐渐沉去。每当月色将逝,佳人又会想起故人,想要祭奠他的魂魄。人世间有多少事情可以明辨,若是都能理性对待,又哪来这么多徒增痛苦的七情六欲？若是这般痛苦,不如随他而去,也好过送走一季又一季的海棠,独看一夕风雨。

海棠·月色

　　月色静怡照禅境，海棠羞涩，听琴唯默默。伊人伴唱执灯火，映此悬崖寺中佛。飞瀑滂沱，烟雨雾锁。欲念何日抛洒去？一枚虔心唱清波。

　　试看星辰起复落，牛郎织女，情重牵银河。浩浩流转长天阔，是谁独讴思念歌？玉指芊芊，弦音瑟瑟。任是无求情义锁，奈何知音无一个？

现场：
　　月色温柔如水，静静地照在佳人的禅修之处。海棠伴在佳人身侧，好像在欣赏佳人的歌声，歌声幽幽地传出，仿佛映照着高山山寺中的千尊石佛。寺外月下流瀑激起的水雾似烟霭笼罩着整个山后。尘世间的欲念何时能被忘却，可以仅怀着一颗佛心，无欲高歌。佳人抬头，看见了满天星辰，却心下感念牛郎织女的情谊深重，令人动容。这夜幕垂垂之下是谁不停地唱着悼歌，念怀当年令人艳羡的朝夕相伴，而今只留下一天广阔星河与茕茕孑立的佳人，月下的她素手拨动琴弦，夜夜清歌。她从不奢求情意永驻，可天地如此薄待于她，就连知音也不曾留下一个。

海棠·花季

　　海棠花季锦绣夕，霞影起，水无际。蜂蝶相嬉，皆道灵卉异。情逝涛去恨戚戚，痛彻心神，痴话无稽。

　　带雨浓淡总相宜，碧空洗，春探篱。雨露虹霓，誓不相弃。兰舟独上水依依，放任孤凄，飘摇千里。

现场：
　　海棠花开，粉云堆砌，连夜晚都被映亮了。粉色的花簇映在水中，好似无边的流霞一般无边无际。如此美丽的花自然吸引来蜂蝶无数，大家都称赞这花的灵气与美丽，却不知爱惜。转眼间繁华过眼而去，蜂蝶转而向他枝，令人看了也觉世道凄凉、痛悲不已。可海棠不骄不躁，静默无言。雨后的海棠红粉浓淡不一，看着却赏心悦目。海棠树下，恋人曾经海誓山盟，但如今却只剩孤影，乘着扁舟飘摇千里。

海棠·阑珊

水映海棠,一点阑珊,绿衫粉面娇娆。渔舟已晚,初心可曾消?西施身报越王,姑苏城,寒山韬光。忍辱时,斜塔独矗,尝胆卧薪,中夜怒起彷徨。

香囊藏羞,心悲画扇,孤灯长夜漫漫。垂名史册,赢江山何欢?红楼大观花残,谁又惜,红烛泪含。喋血处,黛玉葬挽,一丝命魂缠。

现场:

  本词作者借咏海棠抒发了对西施命运的叹惋。海棠犹如人面照水,带着一点点的春意阑珊,像极了穿着绿衫子的美丽女子。悄悄问她的初心是否忘却?犹记得当年姑苏城外国破家亡一片肃杀,西施忍辱负重,天天都不能忘却初心,效忠勾践,以期卷土重来。而今江山又定,逐鹿亦成。那身在吴国的少女,日日灯下拭泪痕,用自己的青春与年华换得帝王业成。佳人因此名垂千古,可谁又曾怜惜她的年华犹如落下的海棠般渐渐老去,渐渐在喧嚣中归于沉寂。千年之后,唯有一盏长命灯,映照乱世佳人的魂魄,伴她远离那片染血的山河,安放花魂。

海棠·清明

清明雾雨遮岸道,垂默海棠,翠柳飘摇立山岙。黄花寂寂垅上摇,风萧萧,几行泪悼。

俯地叩忆慈母恩,育儿耗尽心头血,白发苍苍云山渺。一颗丹心,九泉含笑。

现场:

　　《海棠·清明》是作者怀念母亲,感念母亲恩德之作。清明时节孤清的风与寒凉的雾抚过面颊,海棠在山边默立。田垄上的黄花孤寂地摇动,菊花的香气在风中渲染出一股凄清萧瑟的味道。作者的脸上几行泪水就此滑落,叩俯于地上叩拜母亲亡灵。他想起当年许多往事,不禁感叹唏嘘,想起自己的母亲在那样苦的日子里依然坚强笑对生活。她抚育孩子殚精竭虑,直到耗尽最后一滴血。此去经年,天人两隔,作者静静祈祷,若有来日在梦中见面,还来尽我的孝道。

物华

梨花集十二首

梨花·青丝

剪一段青丝,泪眼看梨花。点亮十里街,凭谁梦京华。寒夜独守望,真情已倾塌。秀在轩窗下,挥墨忆情话。叹一声炎凉,不该常记挂。掀一帘冬梦,盼江南船家。送君千里去,何时再见她?

现场:

在作者心中,梨花纯洁无瑕,犹如佳人清丽,站在十里长街的尽头。遥遥岁月的深处,那是谁家的女子,在长街的街灯之下寂寞守候,看之不忍离去,回首百转千愁。美人如花,让作者也不禁感叹,世间怎么会有这样美妙的清纯;红尘之中,若是少了梨花一般的清丽,人生是否还会芳香如故。不知是谁,曾舒展了这梨花一般的女子的眉头,却又带走了这梨花一般的女子的目光。别离时刻,再无人看到梨花盛开的笑颜。只有在一声声轻叹中,似一把把撑开的玉伞,盼望着何时能再开出世人遥不可及的美丽。

物　华　｜　诗悟花木三百首

梨花·情长

谁闻黄鸟枝上唱，一树梨花压海棠。晴雪带蕊香满路，夜雨纷纷燕儿藏。山遥路远情思断，昨日娇柔为谁伤？可怜天下不平事，唯有超然寄远航。

现场：

一树梨花，虽平凡却极富诗情画意，在春风里婆娑着的翡翠般的叶片，白玉般的花瓣，一枝春带雨的娇羞含情，让枝头的雀鸟都停不了的歌唱。花开有时，春尽亦有时，春去秋来，作者目睹寒雨叶黄，梨花满地的寂寞。梨花开落，在作者眼中，便是一卷永不释手的情诗，日夜吟唱在柔情铮铮的心里。即使风急雨狂，曾经摧残过梨花娇嫩的花蕊，梨花却依然风采照人，妩媚多姿。遇到再多不平之事，梨花却依旧无争，这份无言的超脱却为梨花带来每年春天的花团锦簇，源远流长。

梨花·无瑕

　　小楼窗下，一树梨花，鲜妍明洁纯无瑕。青史翻遍，多少佳话！褪尽红玉绿蜡。空回首，梦中琵琶。夕阳外，幽幽抱琴声声哑。

　　忆香魂，焚禅烟，披挂袈裟，古寺佛塔。残灯加，掩卷茫茫思无涯。唤醒山泉奔洒。莫枯芽，朵朵无瑕。情浓至，冰封万里，香闻天下。

现场：
　　在作者的心灵深处，总有那么一片梨花林在记忆里静静地开放。那片片飘舞的梨花，轻盈而美丽。带着款款的柔情，舞着袅娜的身姿，义无反顾地奔向大地母亲的怀抱。在这片安详的梨花林的上空，总有那么一钩弯月，在苍穹中播洒着她那清冷的光辉。洁白的梨花和银白色的月光交融在一起，在古寺的上空，显得洁净祥和而寂寞，禅意悠远。

梨花·等待

梨花半开月朦胧,亭内琴音醒残梦,戏台烛火映天红。阿郎一诺似春风,痴心守候暖意涌,长袖舞依依相送。

三月雨带馨香浓,染遍夜空。玉影姗姗,无奈难归同。忆匆匆,山万重。水寒风凛沧海鸿,残瓣飘零孤雁痛。

现场:

　　月下的一株的梨花,朦胧中,作者竟然辨不清何处是花瓣,何处是月光。春夜里,作者了无睡意,远远看去,那梨花如一团一团的棉花缀满枝头,非要把天上明月都比下去似的。虽然月色朦胧,却更有诗意。一阵春雨方歇,作者触摸梨花树干上风雨留下的痕迹,不得不感叹生命的顽强和执著。摘一朵梨花捧在手心里,她没有桃花的妖娆,只是那么坦然地绽放着。梨花虽终有凋零的一日,但只要盛放时有这雪一样的情怀,便可点缀作者长久的梦。

梨花·戏梦

　　雨润春色芊芊树，带雨初开花如雾。珠翠凤冠满台步，鼓点京胡，声断垂幕，欢语叹声呼。

　　青袄雪帽展英武，绣巧绿袍粉黛茹。一朝恩爱真心注，不惧天下坎坷途，小园梨花度。

现场：
　　雨润春色，梨花盛开。在作者眼中，一树梨花便是一位情窦初开的少女，一见之下便令人钟情不已。满树洁白的花朵一片连着一片，簇拥在一起，远远望去像是白色的海洋，作者心情随之春意盎然。这白花朵朵的世界宛若点点白雪挂满枝头，掩映着梨花林外的古老戏台，又让人回味戏文中那粉墨登场的爱恨嗔痴。戏台上几度春秋，不经意已是青袄雪帽登台。春风吹拂着花蕾，枝摇花颤，温暖的阳光抚照着梨花林。戏台上的人比花娇，宛如一幅清新自然、浪漫唯美的诗意画卷。

梨花·素润

　　一树梨花三月雪,半江旅思云遮月。小楼花窗佳人倚,望断斜阳霞明灭。旧年君去树下别,咽泣佯欢心泣血。只待霞落星光写,满庭杜鹃啼江月。

现场:
　　冬日严寒不知何时仿佛才转了个身,春意便瞬间就热闹起来。作者所居庭院中,一树令人为之倾倒的梨花,竟已悄然开放了。淡绿或淡粉的花蕊,浅睡在白玉般的花瓣里,那俊俏的模样,似出水莲花,清纯而美丽。作者忍不住用手去触摸,却又轻轻缩回,只怕自己鲁莽的手,不小心浊了梨花的素清淡雅。这吐露芳菲的梨花,正像去岁在树下与作者作别的故人,可惜人去不知所踪。如今只剩下孤影残灯伴着作者,默默思念着旧年相依相伴时,那曾映照着簇簇梨花的星光与月色。

梨花·子夜

月残星疏梨花雪，红烛听笛亭台夜。曲声悠悠伴鸟啼，香魂入梦萦残月。春溪潺潺载婉约，吴王苑内花心诀。

现场：
　　星月夜，绽放的满树梨花筛下了斑驳的花影，摇曳间，曾是谁的目光，犹如风舞的花瓣飘落在作者的心头。那时多少次魂梦牵绕中的故人身影，和着月夜下悠悠传来的一阵笛声恍在眼前，梨花飘香的日子尚未走到尽头，故人却已消失在苍茫的尘世间。春日潺潺的溪流洗淡了岁月的痕迹，却洗不淡心中的梨花花香，曾经的星月隐去了缠绵的故事，隐不去作者思念的痴情。

物　华　｜　诗悟花木三百首

梨花·明月

　　明月遍洒梨花桥，暮阳澄光晚钟敲。戏台姐妹俏比娇，一曲出塞披银貂。蓦然清音合玉箫，花醉梦逝笑声渺。

现场：

　　春夜渐渐暖了起来，明月之下，小屋旁的梨花开了。莹莹的枝头，嫩绿的花枝从褐色的枝干上伸出来，五瓣的小小花精灵，你挤我、我挤你的，谁也不让谁地竞相开放。一树梨花对着人笑，徐徐的清风过处，如只只蝶儿飞入了作者的窗内，一缕暗香犹如白日里看过的一出折子戏一般缠绕作者心间。舞台上，飒爽英姿的姐妹花，不正像是这月夜里立在枝头与月光比娇的梨花吗？和着悠悠箫声，就这样把洁白的心事付之于枝头，沉沉地压弯了花枝的腰。

梨花·洁雅

飘逸春风梨花雾，千株万株满山麓。沐雨经风吐新蕊，玉洁冰清临万物。静雅含香芳姿独，一笑倾城百花慕。

现场：

  作者畅游在满眼梨花的世界里，一种飘逸的享受油然而生，充溢笔端，仿佛天地都化作一树树梨花，在春天里竞相开放，在微风中展露身姿。白衣胜雪的梨花仙子款款飘过，闻其留下的一缕清香，便如同喝醉了一般，沉沉睡去。作者对着开遍山麓的梨花，相看两不厌，反正山中无历日，寒尽不知眠，依旧开花结果，自生自灭。梨树一年一年地老，梨花却一年一年地新，向世间昭示着顽强的生命力。它们伴随着初春细雨，合着烟雾霏霏，绝似含烟之柳带风而斜，田园滋润，草木蒙茸，笑看百花，绝美倾城。

梨花·作别

雨润花苞待初绽，夜探梨园疑飞雪。春风染绿幽香榭，一盏红烛映残月。柳岸折枝唤舟却，虬枝玉瓣粉黛惬。醉舞长袖古琴瑟，十里楼台云作别。

现场：

　　昨夜一场细雨滋润了满树的梨花，一朵朵含苞待放、一瓣瓣如雪冰肌。有的花瓣随风而落，飘然而下，轻轻地飘落在雨水浸染的土地，轻盈淡雅。作者依在窗下听凭雨声在窗前敲打，庭院中的梨树愈发显得高大，枝干是那样苍劲，托起了满树的梨花，一团团、一簇簇。嫩白的花瓣透露着淡淡的粉色，花蕊紧簇，在细雨的洗濯下，愈发显得精神。雨歇时漫步在梨树下，抚摸着古劲沧桑的虬枝，抬眼望去，小窗内一盏烛火映着窗外的明月，而窗内的人儿曾像彩云一般挥别，不知何时还能再见。

梨花·花蘖

　　春雨缠绵梨花蘖，伊人有泪，怨声风斜。花落含悲点点谢，又有谁怜？苍凉离魂怯。

　　楼外空堤渺四野，横笛奏别，扁舟孤曳。晓看江水波涛叠，回眸幽咽，怎舍花离叶。

现场：
　　微风细雨拂过，美玉一般洁白无瑕的梨花落了，飞舞的花瓣犹如漫天的雪花，玉蝴蝶一样飞舞。然而，唯有作者知道，那花瓣似蝶不是蝶，更不是精灵，那是花魂，它们每个都似一张佳人的绝美容颜，满含泪珠，在风扬起的时刻轻轻滚落。作者拾起一片片娇嫩的花瓣紧捂在手中，轻轻地、悄悄地，放在唇边。那淡淡的花香，依旧沁人心脾。花开花落，清风明月依旧，只要春天再度回归，梨花就依旧会盛放如初。作者的心中蓦地领悟，即便花朵离开枝头，即便离别无处逃遁，但是只要有一颗不惧苍凉的心，就可拥抱生命的美丽。

梨花·荡漾

风送箫声诉情殇，雨打梨花香。小院凉台孤树，夜静思绪长。

空念想，牡丹芳，剩愁肠。流落远乡，花枝弹唱，寂寞周郎。

现场：

黄昏里，一阵箫声裹挟着劲风而来，又是梨花盛开的季节，飞舞的雨丝却送来了一阵寒意，裹挟着怡人的清香。作者立在屋檐下，望着细雨中一树白绿相间绽放脱俗的淡雅，心绪弥散在袅袅的炊烟中，是轻声低吟，还是悄诉衷肠？在这样的黄昏里，微风拂过树梢，带着淡淡忧伤，饱含离情凄清。一种悠悠思念，缓缓流动在心头，弥漫在淡淡雨雾里，弥漫在浅浅的夜色中，弥漫在静静的孤灯旁。

物华

蔷薇集十二首

蔷薇·自得

蔷薇爬上东墙去，花润晨露自陶醉。枝枝叶叶生葳蕤，引来蜂蝶绕花追。清风拂过翩翩舞，太阳陶陶笑明媚。玫瑰娇艳压蔷薇，蝶去蜂飞头不回。世态炎凉又如何，潇洒天下走一回。请君饮我酒一杯，蔷薇灼灼云间睡。

现场：

蔷薇枝枝蔓蔓爬上东墙，在晨风中独自陶醉独自享受晨雾。她的娇俏被蜂蝶知晓，纷至沓来地讨好于她，追逐嬉闹，连太阳都被这场面逗笑。可蜂蝶发现园中更加鲜艳的玫瑰后却转向了玫瑰，留下蔷薇独自绽放在风中。这般的踩低逢高、世态炎凉本是常态，蔷薇不发嗔怨之语，只顾自己安然酣睡，随遇而安、安之若素。

蔷薇·花心

枝上蔷薇密,春雨淅沥。耳畔遥闻卖花回,长街灯火稀。

推窗探晨曦,朝霞引短笛。清风拂问,花开花落谁在意,几家欢喜?

现场:

　　春日的早晨,春雨淅淅沥沥,更声散尽,万般寂静之时,长街石板了无人迹,映照几盏残破的红灯笼。这时卖花女清脆的声音叫醒了整个小渡口,催起了晨曦,连霞光之中都沾染上了蔷薇的香气,叫醒了春日早晨的短笛。清风携香轻轻拂过作者的面庞,沁入作者的心间,繁华之前,有多少人勤奋劳作,才堆砌成这都市街巷,也又有谁能听见这每日的花开花落,卖花女的青春消逝?

蔷薇·寄情

蔷薇盈，蕾细玲珑。朵朵娇俏，不与桃李争。雨雾缠青藤，碧水洗旧尘，几点落，馨香缕缕沁心脾，与卿别后无尘音。终不似，一枚粉钗托寄。遥寻过，几时累、谁人忆？沧海阔，春又归，蔷薇花满地。

现场：

  蔷薇一簇簇地开满围栏，花蕾小巧玲珑，惹人怜惜，一朵朵如同人面娇俏却从不与桃李相争，似乎是那样无情。可倘若真的无情，又为何芬芳浓郁沁人心脾？遥想起那日清晨，佳人站立在雨雾洗净后的青藤之前，溪水青翠欲滴地涤荡去了宿醉，她的香气萦绕周身直至今日，沁入了作者的心间，若当时无情转头离去，又何来今日苦闷惆怅，仅凭一支粉钗遥寄相思之意？这遥遥思念，处处寻觅，也得不到她的音讯，此种离愁何人评说，沧海之中遗落多少这样的美丽花朵？只见眼前的丛丛蔷薇爬满山坡。

蔷薇·沉醉

　　山路踏青春花追，风摇落，絮花堆。旧年清明细雨随，沾衣欲湿，小伞伊谁？今日孤身问絮飞，香残梦碎逐流水。半坡蔷薇披斜晖，花影斑斓使人醉。

现场：
　　作者山行踏青，一路春花灿烂相随。但山风也毫不怜惜，吹落一地的蔷薇花瓣。遥忆当年清明，话语绵绵密密，伞下与共的是谁的容颜，当年的笑声盈盈，漫入了路边的青葱新苇。如今柳絮摇落之时，早已不见了当年的佳人，只有记忆琐碎的片段时刻闪回，却又时时像花瓣逐水一般被渐渐忘却。这漫山芬芳的蔷薇可曾记得当时的光景，可记得当年佳人？蔷薇不语，那逝去的光阴只能令人沉醉。

蔷薇·妩媚

小院繁花粉红闹,朵朵媚,惹蝶飞。墙头缀玉彩云飞,微风过处,浅吟还低回。

笑靥含情目低垂,陶冶清馨香欲醉。旧时心事映斜晖,亭亭小楼笑是谁?

现场:
  小院中蔷薇如昔年一般开得正好,粉红了围墙,朵朵娇丽惹得蜂蝶竞相追逐。墙头垂满了蔷薇,清风一阵吹过,好似女子一般低头轻叹,浅吟低回。蔷薇簇簇相拥,香气欲醉,相拥之态使得作者想起当年与佳人相处的时光。旧时庭院赏花,美人如同花之香蕊亭亭玉立,只可惜当时年少,不懂得那日阁上传来的笑声之中的情意。

蔷薇·玉女

　　春染绿池塘,碧玉墙,粉面舞朝阳。亭中闻古琴,风动花摇阵阵香。沉吟思量,旧时阁中婉转唱,花开满庭芳,与君吟咏溪水淌,相对笑鸳鸯。

　　遥闻梳新妆,朱红门,半掩堂。犹见西厢廊,踏花香,嫁俊郎。浊酒一杯空对月,夜色渐掩铜镜光。暗贴黄花空惆怅,唯有梦中叹苍茫。

现场:
　　春绿了一池水,把玉墙都染上了鲜活的气息。蔷薇的粉色面容迎着朝阳,点缀着满园春色妩媚。忽闻院内花影中有琴曲飘扬,伴着蔷薇送来清风,令作者痴痴独立,静静听着阁上佳人吟唱。那时花丛开遍,满庭生香,连蜂蝶也被琴声吸引,作者甩墨书写辞章,佳人相顾相语之时笑声飞扬。经年之后,却听闻她新妆嫁俊郎,旧时西厢,旧地人去楼空门未掩,只有香气如故。作者独对月色,想起今后只能在梦中相见,不禁痛苦惆怅。

蔷薇·宁静

阅尽繁华处，登山麓，蔷薇伴途。粉色佳容素，清馨满心湖。翠玉侵崖谷，碧云牵竹疏。苍天度，万里扶摇路。微风吹拂，春色满园囿。

一世自在赏鸥鹭，无边道法领君悟。此生只羡菩提树，不染尘埃无一物。如是般若本无过，何惧声名惹人妒？丹山盛放千花舞，娇娆无瑕谁不慕？

现场：
　　作者经历人间百态，阅尽市井繁华，原以为自己已经放下一切，可独自登上山巅之时，没想到一路蔷薇相伴，粉色的花朵是那样素雅，沁入心脾的馨香却叫人无法忽略。崖上爬满了翠色枝蔓，疏竹牵着碧云微度。山路之上，苍茫天际，万里寂寥，与山下满园繁乱形成完全不同的景致。道法自然，天地大度，作者问自己，是否心无杂念便不会再有烦心之事？这天地是过眼匆匆，又何必执迷于尘俗。做得到一切放下，便能再次以平常心对待这蔷薇曼舞，不再受往事羁绊吧。

蔷薇·安然

粉云朵朵浓复淡，清香入怀旧梦残。红楼渐远珠光气，吹落梅花看烂漫。

蔷薇婉，绿袖染，半山溪水听潺湲。花枝轻折蛩音伴，一生寂静到安然。

现场：

《蔷薇·安然》是作者劝慰自己可以放下的词作。蔷薇朵朵可人，浓淡总相宜，一如故人清敷浓妆，总是最好的光阴，蔷薇清香萦绕，扑入胸怀，眼前波澜浮现，往事如烟。作者在放下前事之后，远离了珠光宝气的世俗浓烟，转向欣赏清淡之美。在山中寄住，流水潺潺，绿茵满目。时而折下一支蔷薇，倾听虫声低吟，放下了前尘羁绊，学会安然领悟当下。到如今不再在梦中辗转反侧，能够枕着风声，一觉安睡直到天明。

蔷薇·知足

蔷薇又开,尤胜昔日流云彩,不求倾国独自爱,犹胜美人回眸睐,一叶小舟谁待?

一枝素环,一枚玉钗,微风徐来舞常在。思绪常有知足愿,任情释怀,苦乐无碍,明朝觉醒再开怀。

现场:
　　《蔷薇·知足》,文如其题,描写了作者放下之后的心境。又是一年蔷薇盛开,风采更胜昔日的美丽,蔷薇不求绝美到倾国倾城,却也知道自怜自爱。她不要求美人相顾,也安然怡然盛开。浮名总把世人劳累,却不知倾国也是沧海滴水,总将消失不见。当年的粉面玉钗,舞步袅娜早已印在心间,每每想起都会感觉愉快,没有遗憾。作者写道,若是能够放下痴怨,知足当下,任情释怀,欢乐便又会回到身边,每天都能够舒心愉悦。

物 华 | 诗悟花木三百首
WUHUA SHIWU HUAMU 300 SHOU

蔷薇·残思

雨打蔷薇残瓣落,辜负青春,心痛谁说?不慕繁华甘寂寞,花下销魂,淡淡星河。

冷月圆缺断崖昨,啼血万千,盏盏烛火。点燃渔光阴阳隔,梦中思过,醉中思过。

现场:

　　《蔷薇·残思》是作者听闻佳人噩耗后内心波澜起伏。蔷薇被风雨相催落下丛丛花瓣,辜负了青春,是让谁人你痛心?蔷薇高格,不慕荣华独甘寂寞,可为何风雨相催不放过?听闻佳人已经逝去,突然心痛辜负了她的青春,作者于山崖之上思念过往的一幕幕场景,一直从相遇到相识相知。远处子规之声犹如啼血,就好像心头开满了万千愁苦,无法言说。远方的万盏渔火,是否照亮了佳人去往冥界的道路,又是否就此与她天人永隔。当年的过错又一次被回忆起,让作者在梦中醉中一遍遍地辗转反侧。

蔷薇·依然

　　火烧流霞花丛过,盛时香朵,淡时冰魄。哪怕风云变幻多,心亦皈佛,情也般若。

　　颠沛流离谁之错?长叹蹉跎,沧桑心锁。不管花间人间事,千年朱颜,万年落寞。

现场:
　　《蔷薇·依然》是作者蔷薇集中表达放下执念接受现实之心境的一首小词。似乎是火烧般的流霞在花丛中坠落,才有了这样一丛美丽的花朵,盛放时香气袭人,浅淡时玉洁雅致。作者说,即使世间的风雨再多,心如果从容待之,那情也会从容不迫。人世颠沛是谁人的过错呢,一路坎坷走来,心早就坚如铁锁。这花间也好,人间也罢,总能看到佳人如花的醉颜,可伸手去抓之时,却陷入虚空之中,只留下当年落寞的心,在风中萧瑟。

蔷薇·珍惜

微风吹拂蔷薇歌,沉醉山河,飞渡岭壑。曾记否,举杯邀月,我方吟罢君来和。

而今天涯人成个,花开如昨,楼台琴瑟。且珍惜,天若有情,不惧千山万水隔。

现场:

  微风吹过,满墙蔷薇仿佛应风而歌,山河的轮廓也在花影之中被模糊了,谁说歌者不懂得花的落寞,相约一杯便醉了天涯萧索。而今虽与友人天各一方,但听这歌声越过小溪奔赴江河,思念也随着歌声洒满天地的角角落落。作者细细想来,一瞬间突然明澈,当年的美好难道是虚幻么,若是心有思念,那情谊便是真心不是虚假。珍惜眼下的每一天才是不辜负了当年的舞影翩跹。

物华

牡丹集十二首

牡丹·春晓

　　姗姗迟来春晓,烟雨方邂逅。牡丹氤氲花带露。醉翁寻来不见愁,浅笑惊醒嫣然羞。

　　画阁雕楼玉纤手,对眸相携弯柔柳。一曲倾心魂已去,晨起寻觅梦影休。翦翦绣屏几度瘦,山色春心两难收。

现场:
　　风渐起,作者流连烟雨之中的牡丹园,眼前盛放的牡丹在一片氤氲之中,如同一袭锦缎云秀、彩线穿梭的鲜花蝶衣。恍惚间,仿佛是最爱牡丹的则天女皇,手扶着伴游的女官,向着这牡丹园款款地迤逦而来。作者亦为赏花人,赏花人虽惜花,却无奈花朵难经风雨,瓣瓣落花如同优伶们的彩袖落地,当真美得摄人心魂,扣人心弦,如同一个开满牡丹的梦境一般。当女伶们的一曲唱罢,惊醒梦中赏花人,作者不禁感叹,到底是谁勾起这段令人心醉的牡丹之美?又是谁,让这惊世绝艳瞬间化作一缕薄云随春心而去?

牡丹·天香

　　清风送临牡丹晚，娇娆姿容落斑斓。千里踏云笑语传，天地间，一缕花香蝶也欢。

　　国色天香玉堂春，一枝倾城百花叹。花开有谢归尘埃，纵有憾，也合从容心放宽。

现场：
　　世人皆道牡丹为花中之王，所有的仰慕、赞誉，都是由于它倾国倾城的美态。一阵清风徐来，娇艳鲜嫩的牡丹忽然整朵整朵地坠落，铺散一地绚丽的花瓣也有着令人震惊的遗憾之美。由此，作者也倍加感叹，牡丹要么烁于枝头，要么归于泥土，它跨越委顿和衰老，由青春而死亡，由美丽而消逝。这正是牡丹最令人叹服的从容之美，不苟且，不俯就，不妥协，不媚俗。只有叹服牡丹卓尔不群之姿，方知从容是多么容易被世人忽略和漠视的美，而正是这种美，倾国倾城。

牡丹·绝代

倾国名花容颜娇,含情向人笑。玉瓣无瑕绝代俏,仙乐飘飘,云海天地遥。

抚琴吟低调,梦魂萦欢绕。天下无人不倾心,任是君王也折腰。

现场:
　　相传,牡丹园中最娇艳的那一朵牡丹花曾是一个遗世独立的绝色女子,偶一回眸,其倾国倾城的容颜映入了君王的眼帘,也映入了他的心海。从此,牡丹仙子成为君王的牵挂,美过世间红颜万千。只是无奈,牡丹终为仙子,并不能与君王在凡间日日厮守。梦魂萦绕不去,就仿佛美人抚琴低吟,空留君王日日在牡丹园的亭内自赏,心中喟叹世人只知牡丹倾城倾国的美色,却不知这一个倾城,是不离不弃;这一个倾国,是至死不渝。

物　华　｜　诗悟花木三百首

WUHUA SHIWU HUAMU 300 SHOU

牡丹·古忆

翠绿丛中牡丹立，似云朵，洁如玉。花开如画香如醴，诗文无数难尽意。亭亭盛放临风雨，遮云天，羞池鱼。

彩霞凌波芳菲误，名花倾城堪绝一。古今多情才子聚，千杯饮罢向花倚。莫辜负，花荫似梦佳人迷。

现场：

翠绿丛中，一株牡丹傲视独立，红情绿意，如诗如画。牡丹之美，恰如酒香，还未饮尽，便已令无数文人墨客迷醉。相传诗仙李白，斗酒百篇，正是这样的倾城名花，才能给予他谱写出那样一种徜徉遨游的碧绿心境，才能流传下无数品鉴名花的华章丽句。遥想当年，诗仙醉卧牡丹花丛，那场花香之梦如映在花瓣上的晨露般温柔，那般美好的心情该寄赋与何等佳人，方才不为辜负这良辰美景？

牡丹·月色

嫣红姹紫似霞染,牡丹园中一梦酣。烟波浩渺清香近,暮云垂降细雨寒。千年仙子落凡间,春宵几度舞翩跹。沉香亭北独怅望,瑶台月色影阑珊。难忘君卿余遗恨,故园独坐飞红残。

现场:
　　相传,有一书生赶考,投宿洛阳白马寺,见寺内牡丹园中的姹紫嫣红,流连不已,不觉已是暮色四合之时,忽见天降微雨,雨丝之间的牡丹,正像是蒙着面纱的仙子踏水翩然而来。书生与牡丹仙子依偎缠绵,不觉天亮梦醒,红绡帐暖却已成空,书生心中陡然升起无尽惆怅,感叹自己笔下拙笨,描不出牡丹花的风情万种!春风在字里呢喃,春雨在行间缠绵,而牡丹的美,让书生心生惆怅,唯有嗟叹一句,繁华落尽,牡丹飞红,暗殇满园,人自嗟叹,只待君来!

物 华 | 诗悟花木三百首
WUHUA SHIWU HUAMU 300 SHOU

牡丹·斑斓

晨曦微透，清露一丝凉传。移步小园，紫烟青雾袅袅飏，溪水婉转入河湾。

煦风相送有情含，馨香怀满，不觉忘春寒。翠鸟悬空探，蝶舞吻蕾欢。

亭中伊人箫声唤，曲罢花满山。漫漫崎岖路，君去无期待君还，同赏牡丹色斑斓。

现场：

　　清晨，书生与牡丹仙子在牡丹园的鸟鸣声中醒来，两人披衣步入园中，那丛丛牡丹沐浴和煦的暖风，已然绽放。仙子摆在园中小亭内的一杯清茶，浸润了书卷的墨香，花瓣的色泽明艳，怀有一份馥郁香醇。一早的莺啼燕语，惊扰了梦中恬淡安逸的柔情蜜意，名花醒来，甜蜜依旧。缱绻相依的翠鸟与蜂蝶舞步翩跹，落在牡丹的蕊瓣之上。书生的心中仿佛也凝聚这一支红艳，只待阅尽人生漫漫崎岖路，再与当年同赏的惜花人一同，赏遍牡丹园中春色尽染的斑斓美景！

牡丹·远流

白马去悠悠,古寺花独瘦。叶染秋霜孤自愁,晨风携雨骤。名花解烦忧,山泉伴君流。无奈红颜负心去,相思寄远流。

苦涩甘愿受,沧桑人忆旧。多少故事写千秋,暮云遮回眸。一别天涯后,诗意少年游。夜来牡丹花间酒,梦吟诗千首。

现场:
  洛阳白马寺中有一位以养牡丹出名的老僧人,老僧入白马寺前,曾与青梅竹马的红颜知己一同养育牡丹,两人皆是爱极牡丹之人,却无法相守。分别后少年落发为僧,入白马寺后遍栽牡丹,唯有将满腔相思赋予这满园的牡丹名花之上,只叹韶光等闲,天不遂愿。虽无法像俗世凡人一样,互诉衷情,厮守终老,但是老僧亲手培育的牡丹却愈发地艳名远扬,人们皆到洛阳来赏,无数文人墨客、王公贵胄们留下了多少吟咏名篇。或许可静待某个暮云遮眸,夜阑人静的时刻,伴着牡丹花间一杯酒,醉醺入梦去,留存下那些美好的瞬间。

物 华 | 诗悟花木三百首

牡丹·逍遥

亭立岩崖一枝俏,雍贵比天娇。雨打风催花飘零,漫漫红尘惜花少。海誓山盟随风逝,空对残花朱颜销。

曾记旧年花开早,月下丹花分外娆。而今泼墨写相思,且待彩云共逍遥。

现场:

  岩崖之上,一朵牡丹亭立,作者放眼望去,只是细细的一根茎,却顶起如此硕大的花朵,让人顿生怜爱之心,那雍容华贵之态,更兼天上细雨,更添一份含羞带雨的美态,像一个个做着美梦的仙子,不胜娇媚。而当年一同出游的赏花人,是否也记得牡丹盛开是这样的娇娆艳媚,而当年在牡丹花畔一同许下的海誓山盟,如今又落入了何方的晨雾与烟霞之中?曾许愿为君笔墨春秋,舞弄花月,如今作者的斟句酌字清文满箧,却不能为君解花语吟字词。作者咏叹着牡丹的美,却不知正是这满腹的相思催艳了这一城牡丹,只能期待漫天彩云与牡丹相伴的逍遥日子。

牡丹·相约

春江抚琴花弄月，银辉洒落暗香添。星眸相望，红楼入夜，换了流年。彩花殷殷笑语传，琴瑟缠绵天地间。

现场：
　　春江之夜，明月从云朵后钻出，数点星辰倒是分外得璀璨夺目，正如绝代佳人的两点星眸与牡丹遥遥相望，才子与佳人相约在园中供人休憩赏花的红楼之上相会。牡丹园中，明暗的花影正随风摇曳摆动，相伴而来的是一阵欢声笑语传来。那是佳人抚琴，才子赏花，在这样香风温煦的时刻，红楼中痴笑的女子，亦如牡丹一样明艳动人。

牡丹·彩蝶

春寒犹未尽，晓来花吐蕊。红艳露香馨，悠悠东风起。多少才俊为求名，华章咏得仙子醉。独坐禅房抚琴吟，且啸且歌难尽意。花开千日终有尽，西风残月独归去。

现场：

  牡丹花盛开，花瓣上，一片露珠氤氲的香雾，仿佛敷着一层淡淡脂粉的绝世佳人，美得慑煞红尘欲动之心。那瓣瓣牡丹，又像轻灵的羽翼，能在凡间开出令人深爱的华美。这难道是从大唐帝国飘飘而来人间的仙子？一滴花露，便堪比人间无数繁华，令多少才子俊郎膜拜至今！禅房深处古琴之音悠然传来，作者心中忽然思及当日在寒凉之地的玉华宫圆寂的玄奘大师，在弥留之际，他目朝虚空，却望见了漫天丝路花雨绽放，漫天香雨彩蝶蹁跹，仿佛看到了佛陀所说的因果。作者感叹，人生亦不过如此，只种善因，必得善果。

牡丹·月华

　　洛阳城内花似海,雍容华美真仙子。风雨洗凡尘,难述苍沧桑意。

　　月照奚故园西,春梦都成忆。满园春色关不住,天香国色君须记。

现场:
　　作者在牡丹盛开季节畅游洛阳,一到牡丹园置身在花海中,好似仙子在盛开的花丛中畅游。作者谓牡丹之高雅,像一位居高临下的公主,更像是一位美丽不凡的天女,殊不知,牡丹亦有惆怅之时,当风雨来袭,亦会凋落成泥。但是即便历经风风雨雨,苍凉世事,一旦晨曦初露,牡丹花仍是花园中的第一抹风景,笑靥如斯绝艳盛开。牡丹自是朵朵盎然,春色尽在满园,唯有牡丹之花高雅清丽。

牡丹·婵娟

牡丹吐艳芳心展,浮花浪蕊心生羡。多少文人赋绝句,一睹风流醉千年。

花月夜,人不眠,泼墨点朱画婵娟。词穷无语空叹憾,今生有此断魂笺。

现场:

相传,有一书生家境贫寒,不甘命运的安排,更不愿寄人篱下,决心考取功名,光耀列祖,虽连年落榜,终日抄书习文不止。可是家中无钱买纸,书生只得将一篇篇文章抄写在墙壁上和门板上。一日他在室中感到闷倦,便来到后院散心。只见后院那株多年未开花的牡丹花繁叶茂,甚是惊喜,于是心血来潮,返回室内,取来笔砚,将文章抄写在牡丹花瓣上,以花代纸。从此,牡丹之美与诗文之美相映成趣,流芳百世。正因为牡丹的存在,作者每一声吟唱,都会被一种希望所覆盖;因为牡丹的存在,作者生命每一段历程,都会被它高洁善良的灵魂所深深吸引。追逐牡丹之美的历程,让生命丰满!

物华

榴花集十二首

石榴花·梦悠

　　风吹青草柔，满园榴花稠。红粉香飘久，燃尽佳人愁。千年修一身，火云映石榴。相识长恨洲，今朝谁牵手。佳酿三百年，一醉梦悠悠。

现场：
　　初夏的风轻轻吹过青草，吹来了一树榴花欲燃。美丽的石榴花香味随风飘远，淡淡的不断绝，就好像绵绵的忧愁。作者问石榴树是否能够经过千年修成佳人，与自己相识在芳草洲，互相牵着手儿在水边漫步。石榴不语，作者拿出了陈年佳酿独自斟饮，期望和石榴佳人在梦中相见。

石榴花·晚霞

石榴花开花解语,翠红点点俏然立。觅尽人间粉色尽,始有火样枝枝密。朵朵鲜艳满树丽,催出晨光映天碧。任君凭借东风去,独有此妍清香逸。

现场:

《石榴花·晚霞》抒发了作者听闻佳人远嫁的落寞与不舍之情。石榴花绽开,如此美丽,像是能够知晓人心,连烛影摇红都洒下了伤心的泪滴。作者与佳人多年相识,却不知她穿上火红衣衫也如此美丽,连天边的霞光都逊了颜色,即便是在姹紫嫣红的春季,也不输满世界的桃红柳绿,更何况她身上的香气随风弥漫,使得人心旷神怡。可突然听闻她即将嫁往远方,天边的明艳晚霞却好像蒙上了一层悲伤。

石榴花·红烛

千年石榴树，花亦疏，几多孤独，晚风轻抚。榴花纤腰束，玉立亭亭袖静舒。剪红烛，轩窗秀木，帘外离人凝噎诉。凄凉有谁顾？况又是，夜凉处。

骄阳催得丹花熟，柔醉嫩蕊身楚楚。盈香细嗅，不输白兰销魂酥，但恐红绝谁与度？夜来秋风凉意浓，花落果垂红颜暮。思心赋苦读，泪眼出，奈无助。

现场：
  这首词将石榴花想象做了一个娇弱的女子，抒发了作者惜花之情。石榴树历经沧桑，连花枝也渐渐疏了，独自静立在晚风下，显得那样孤独。石榴花就像一个美丽的女子，即便沧桑经年，还是身姿婆娑。可作者蓦然间似乎听到了石榴花在窗外委屈的哭泣，哀叹自己无人搭理，身世孤独，在这夜凉如水之时格外令人哀伤。可是否有人看见当年她的盛况，阳光下她盛放的像火焰一样夺目，当时的情景都不输给清高美丽的玉兰花。可如今更深露重，花朵凋尽，又有谁来抚树怜惜呢。

石榴花·独愁

花红燃新愁,心在白蘋洲。风狂雨横洗暑溽。薄暮催翠托丹秀,孤独忧,窗外楼。

往事如烟幽,空对点滴流。人生倏忽恨难留。犹记榴裙行云柔,曾说道,共白首。

现场:

《石榴花·独愁》描写了作者思念佳人的切切心情。又是一年石榴盛开之际,可这榴花欲燃,燃起的确是新的离愁,一阵雨横风狂之后,石榴花洗去铅华,露出了枝叶的青翠,在雨后显得格外寂寥。还记得往事如烟,当年树下佳人舞步翩跹,火红的衣裙像是如今盛开的榴花一般使人目眩,到如今却只留作者一人静看树叶上残余的雨水一滴滴掉落。当年两人应该相许过海誓山盟,一同白首,可誓言如今何在,只剩余月色笼罩旧楼,归雁引来离愁。

石榴花·暮晚

蝉声催泪，红瘦绿肥，骤雨洗悲。翠裙绕于红绯，留恋处，痕迹已褪。执手拭去尘灰，羞得无言回。千江尽，远帆烟追，暮晚消去香魂累。

多情伤心离别醉，飘零逝去心念悔。今宵何颜以对？清风岸，柳花飘絮。剩有姻缘堪成说，石榴裙下跪。纵使得，千张巧嘴，却亦难再归碧翠。

现场：
  一阵阵的夏蝉声，凄厉断肠，让人不忍。时值夏末，秋意渐起，连石榴树都绿肥红瘦，花朵开始凋谢掉落。一阵阵的骤雨频来，似乎想要洗去作者心中的惆怅和后悔，只记得当年离开告别的地方，早就物是人非，连一丝痕迹都不曾留下。只怪当年自己只身一人离去，从此头也不回。想到远方的佳人，身世飘零之际便悔恨不已，更何况常常见到溪岸盛开着石榴花，就一如当时告别的场景。

石榴花·姗姗

秋风渔晚,醉红榴花残,满地粉阑珊。心漫楚楚酸,愁肠也寸断。花已凋零尘满龛,凄凉惜伴谁来挽,静默江山待寒蝉。

坐数更声夜将残,红花开时山欲燃。唯听惆怅唤,离离牵风展。花容不败实堪难,余生不独吾蹒跚,且看来年榴花欢。

现场:

  秋风中传来一曲渔舟唱晚,声声催促离人早归,石榴花开败好像醉了一般,只留下一地残瓣。佳人的笑脸还印在脑海心间,可斯人却已倏忽不见,只有石榴花寂寞地陪伴佛龛飘散出的青烟,无人哀挽。更声落尽之时,作者再也忍不住心中的遗憾,祈求上苍能够使两人重逢,一同走过百年。

石榴花·天涯

　　花似火燃遍天涯，红尘漠漠心牵挂。不怕秋风吹落花，白鹭知倦能归家。灯盏下，听琵琶，待得他日，踌躇再发。千军万马，共踏风云飒，重现江山华。

　　君只迎风领英侠，荒野寂寞路芜杂，山涧险阻谁怕？断桥匝下，草屋棚架，煎一壶榴花香茶。对斟千杯，拓印丹砂，提笔挥洒，日落话桑麻。

现场：
　　又是一季榴花盛开之时，作者红尘中依旧心心念念难忘故人，虽然自己流落天涯，却想要让佳人魂魄有处寄托，不必漂泊。故而常守在青灯古佛之下静静祈祷，若有来日，定会厚积薄发，重整河山。如有来生能够如此，自己一定不再辞别佳人，而是用一生相伴，即便是荒野孤郊，也能一同搭一间草屋，在门前种一株石榴花，快乐地相守在一起。

石榴花·微笑

　　清风吹开了，榴花微笑。离人莫道红尘渺，沧海岂能无暗潮？

　　梦中频听箫，香断红凋。风雨催发泪滴飘，只待初阳烦恼消。

现场：

　　《石榴花·微笑》以清新的笔调和豁达的态度，表达了作者淡看世间离别的悠然自若。清风一阵，好像就此吹开了石榴花的笑颜浅浅，看着石榴的笑容，作者感慨世间谁人没有低落的时候？那么多人纠结于辗转分离，痛苦惆怅只能在梦中相见。这些悲凉的事情，是世间风雨无情，人力怎能改变，但太阳出来的时候，烦恼就会消散，只余下榴花淡淡的微笑。

石榴花·玉琴

　　丹花诉柔情，绿酥俏树影。清风莞尔瘦如卿，酒待故人倾。

　　倩女抚玉琴，仙风薰梦醒。一曲霓裳慰千愁，淡香传幽情。

现场：
　　这是一首描写石榴美丽且暗藏幽香的小词。石榴花火红得像火一样，而枝叶却是如同翠玉。这样的美丽的石榴花，竟还有着淡淡的幽香，藏在她的花蕊中，使得作者沉醉，骚客痴迷。

石榴花·虚心

石榴花红落清馨，更看果垂贵虚心。若非绿叶来相扶，哪有火影映山林？

苍天本有情，日月江河亲。平生只为快乐吟，岂知禅僧苦度音？

现场：

石榴花红得美丽又带着清香，可最难能可贵的是她有谦和心态，因此可挂红灯笼般的累累硕果。石榴花心里知道如果没有绿叶的衬托，再美的花朵也不会惹人注目，所以石榴从不骄纵自夸。也从不责怪天地不仁，没有厚待自己，石榴只记得土地滋养了自己，上天雨露润泽了自己的恩情。作者最后感慨，如果整天想着欲望，想着能得到什么而蝇营狗苟，又怎能理解石榴的这份淡然禅心。

石榴花·袈裟

小园西窗落红霞,蜂飞蝶舞绕蒹葭。横笛乘风乱彩袖,静坐禅房目不斜。红尘烟雨探枝桠,闭目沉心听浪花。不妒闺房帘垂夜,吾愿皈依披袈裟。

现场:
  小院西窗落下了天边的彩霞,映衬着石榴花开艳丽无比,附近的蜂蝶纷纷前来讨好于她,向她诉说爱意。可石榴花不愿理会纷扰,只静静地站立着,任凭清风裹挟笛声吹乱衣袂,也不曾相顾于这蜂蝶众多。她洁身自好,不愿踏入这凡尘世俗,只想要一个人静静地看乱云堆雪,浪涛拍岸,皈依佛家,安心享受当下。

石榴花·丹心

花红灼灼神自清，匿于绿叶谦且逊。青翠如碧透晶莹，身在闺房心在卿。甘为此君献丹心，长风好梦不愿醒。相思抛却两袖清，不必枉自牵挂萦。

现场：

《石榴花·丹心》借石榴花之口，表达了作者对待爱情坦然的态度。石榴花格高质清，如此美丽，却不招摇，总是躲藏在绿叶之中，十分谦逊。花瓣晶莹剔透，枝叶翠绿欲滴。她肯为自己心爱的人付出真心，她的颜色就好像燃烧了自己的血液一般。可即便自己心爱的人不曾做出任何回应，石榴花也不自怨自艾，潇洒地抛却思念，不奢求也从不顾影自怜。

物华

兰花集十二首

兰花·蝴蝶

寂寞幽兰处山野,花开似紫蝶。点染翠叶,含风影自斜。低眉欲语却还休,瑟瑟问秋月。

现场:

蝴蝶兰花,脱离了那一片繁茂的姹紫嫣红,孤零零地长在一片旷野之上,翠叶昂首,迎风摇曳,美得令人陡然而生一种黛玉葬花般的感叹。一朵小小的蝴蝶兰,虽没有牡丹谢、海棠惊、杨柳带愁、桃花含恨那般大架势,但独独一朵蝴蝶兰,却比挤在一起争相怒放的一片花海更为惹眼。虽说单丝不线,独木不林,可一朵昂首的蝴蝶兰竟然比那一片茂盛的花束,让人看得更加清楚。形如其名,宛如展翅的一只彩蝶,栩栩如生。

兰花·清雅

雪融冰消清溪长,深涧幽谷隐兰花。千里寻情觅风雅,清香随风走天涯。碧叶盈盈含正气,玉瓣清清不浮华。花中君子风姿独,葱茏绿意不须夸。

现场:

兰花长在深涧山谷之中,依傍溪流草丛,陪伴清风明月,白云鸟雀逐其清香,文人雅士探寻它的芳踪,兰花是何等的清雅高秀。兰花的品格是纯洁坚贞,虚怀若谷。兰花长在深山幽谷,不为世俗尘嚣所浸染。有人说它孤芳自赏,是旧文人寄寓怀抱、怀才不遇的象征,但它纯洁娇贵如妙玉,并且四季常青,永远给人浓浓的绿意和充满生机的感觉。风霜雪雨滋润着它,任凭大自然环境如何恶劣,幽兰却馨香如故,纯洁依然。

兰花·知音

翡翠剪成琼花飞，为探幽香眉低垂。金凤玉露入深林，化作玉蝶舞徘徊。

独羡兰蕊清芬逸，更怜细叶迎风立。谁弄古琴吟山水，隔世兰香使人醉。

现场：

兰生幽谷，无人自芳。阵阵清香幽幽而来，白花青叶，白似晶玉，青如淡蓝，端庄秀丽，小巧喜人，极有韵致，圣洁中透着灵秀。在作者看来，如今这物欲横流的时代，人们都疯狂追名逐利，只有如兰般的性情，才能不受俗世的熏染。人生若能拥有这样一份淡然雅洁、不尚庸俗、真诚如兰的友谊实是人生之大幸。天高云淡，林深蜿蜒。高山流水，佳人如兰。闭目聆赏伴着兰花幽香一同袭来的古琴乐音，醉入心扉。如此，才是远离尘世的喧嚣浮躁，才是一种纯真无瑕的完美，是一种品格，一种境界！

物 华 | 诗悟花木三百首
WUHUA SHIWU HUAMU 300 SHOU

兰花·幽香

　　幽兰生春夏,林深花独芳。风吹复雨打,酿就此奇香。千年浪,江声回荡。明月照船行,一壶苦茶冥想。

　　琵琶弹唱,秋娘心伤,与君离别后,独守兰花旁,避庵洁身倚素妆。姣好守望,直等到,花落残茫。怅然登楼望,何年复归乡。

现场:
　　春秋迭换,花谢花开,唯有兰花绝色幽香亘古。月明之夜,作者坐船在江心游赏,品一壶苦茶,闻一味兰香。作者倚窗默咏,在这难得的宁静之后,不知命运的缰绳揽回了多少淡去的曾经,不知多少个宁静的幽夜、多少场甘润的细雨可以填补无人厮守的孤独。一切的迭变宛如相别了千年,又好似转瞬之间。烛光荧荧,这一夜是那么的安静,时间停止了脚步,任残香在幽暗中漫溢每一个角落,缓缓收敛曾经散去的记忆,于夜幕下兑现百年之期。

兰花·向晚

寂寞空谷见幽兰,花香且伴北风残。伤情别后凄凉夜,独忆旧年烛阑珊。

现场:

绽放在陡峭悬崖边的那朵兰花,飘散着一股幽香,和着丝丝缕缕的清风,沁润了作者宁静的心房。那曾伫立在幽深的谷底昂首翘盼着的身影,那长在悬崖上的花朵,抚摸着作者淡淡的忧伤。朦胧中,残留在脑海中的那些零碎的记忆,像一片片轻如薄纱的碎云向着心儿的方向汇聚着,微风里,一滴清凉的水珠从悬崖的高空里悄然地落下,不知是一场突如其来的夏雨还是花朵的泪水,滴在了作者温暖的脸上。

兰花·红笺

独携暮色寻幽兰,冷月空照故园寒。莫道寂寞开无主,心魂相守梦依然。

且听风吟坐晚亭,挑灯簪花写红笺。迢迢千里相思寄,萧萧晚风只弦弹。

现场:

暮色中,作者心血来潮到小园中寻找兰花。一丛兰花在孤僻处悄然绽放,正堪观赏。作者轻轻抚着兰花,却勾起对故人的眷恋。那张如这朵兰花一样清纯的脸庞,却已在作者没有注意的那一刹那消失在眼前。夜空一弯眉月空悬,却要在天明沉落,正如兰花虽美,但却不能容颜常驻。作者爱兰花的淡淡清香,是因为它包含着故人给的温馨,夹着花语带来的思念。红笺之上的小楷,满纸写的都是迢迢的思念。只盼能将这兰花寄送到故人身旁,让萧萧晚风之中可以多一丝幽香相伴。

兰花·长风

　　清笛绕溪岸,幽兰涴空山。彩蝶隐翠叶,暗香随风远。寄心白云帆,载君快归还。莫道征途远,兰馨长相伴。

现场:
　　空山深谷,一湾清溪绕着谷底而去,在这人迹罕至之地,却有幽兰初绽,犹如一曲清亮的牧笛,令人心醉。阳光的照耀下,兰花细长的叶片随风轻盈,是那样的青翠欲滴。长风吹过,一丝淡淡的幽香轻轻地飘远。这山谷中,只有蜂蝶陪伴的兰花,花开花落都是自己的。人生何尝不是一场花开花落,得意的时候,就是花开,失意的时候,就是花落。人生也难免聚散离合,纵使相隔天涯,只要记得那一缕兰香,心意便永不会改变。

兰花·香魂

花开似玉细如绢，山谷寂寂翠色连。千载悠悠聚灵慧，世间幽兰传香远。遍野桃红映碧天，化作云影山水间。把酒一壶醉听风，此去香魂随紫烟。

现场：

空谷幽兰，从容不迫地开着，如同丝绢一样细腻柔美的花瓣，静静地散发着自己的清香。这幽香在作者心目中，亘古绵长，追求着一种永恒的自由之境，谁能说这种如兰花般幽静深邃的美空洞无物？作者亦在寻求着一种生命气息的充盈，如花香溢满心胸，有了生动，有了羞涩，心灵在清明透彻中愈加滋润。这一刻，纵有悲怆凄苦，也冷却不了作者心中的豪情万丈。这一刻，纵有名利诱惑，也泯灭不了作者的从容淡泊，这一刻，纵有风霜雨雪，也抵挡不住大地迎接锦绣奔涌、诗意盎然的春天。经历沧桑，方知爱是永远，和兰花在一起，手把一壶浊酒，踏遍青郭绿水，倾听天籁之声。

兰花·玉绡

剪玉成绡，玲珑娇娆，素面犹比胭脂俏。青山渺，幽兰迎风笑。清泉濯纤手，晨笛穿云霄。

南飞雁，传语秋日到。残叶飘，风凉江水淼。唯有寒谷秋兰翠，留得素韵伴玉箫。

现场：
　　作者爱兰花隐世独立的风雅，寻觅兰花的踪迹，竟踏足远至西双版纳。虽时已至深秋，但山谷中令作者惊艳的兰花却开得葳蕤而寂静，望之比美玉还要纯净无瑕，即便是不施粉黛，也要比胭脂颜色俏丽三分。谷中一道清溪之畔，访兰的女子正在濯足而息，年轻的容颜迎着山谷幽兰，如同粉面含笑的佳人相对而视，轻启朱唇便似时间凝固了一般。奇异的清香伴着谷中凉风钻入了作者鼻孔，眼望幽兰，作者心中亦有莫名感动，萧瑟秋日，唯有这兰花依然绽放幽香，即便秋雁横空，风凉水滔，这幽谷中依然会有兰花默默忍耐，习惯平淡，仿佛一曲玉笛萧韵，陪伴着这一份绚丽背后深深的永恒之叹。

兰花·醉美

独揽花醉,月色柔似水。风动影相随,疑是梦魂飞。兰舟行,红烛泪,琴声渐远灯影碎。忆旧年,何时归?独立江亭倚兰醉。

现场:
  繁花过尽,冷雨未息,残香未尽,只有一朵兰花独自吐芳,兰生幽谷,不以无人而不芳,不以出身荒野而自卑,不因清寒而萎靡,甘与平淡作伴,不与庸俗为伍。在作者眼中,兰花的高贵气质与宁静致远、孤独清高;不求闻达,抱芳守节的品格正像是幻梦中那身影久久不散的故人写照。微风中,那轻轻摇曳着妩媚的身姿,漫撒出清新的芳香,安静地享受着每一个温馨的夜晚。红烛荧荧,细雨悠悠,兰花幽影翩跹舞动,作者如常倚窗浅观,低吟默咏,含蕴无以言喻的真情。人品如兰,修为如兰,期待能与识兰惜兰的旧友重逢,再次为兰而沉醉。

兰花·素叶

秋风起，幽兰空谷孤芳静。曾记否，春夏葳蕤多逢迎，寒霜过后人凄清。天下芳魂多薄命，唯愿侬身好自珍。素叶且傲风雨劲，笑看来年兰花锦。

现场：
兰花多生幽谷，却从不为无人共赏而失意。尘世中，却多有为一睹珍奇兰花而遍觅不得的失意人。得到或失去，感受往往是不一样的，可也有超然之人能对得失无动于衷。唐代有个慧宗禅师，酷爱兰花，侍弄殷勤。有次外出云游，嘱弟子好生看护兰花。不料一天深夜，大风乍起，花盆倒地，兰花憔悴。慧宗回来后，弟子忐忑不安，准备领罚。慧宗得知原委，平静地对弟子说："当初，我不是为了生气而种兰花的。"得失一念之间，花落也无须在意，还是笑看来年兰花锦绣吧。

兰花·秋夜

窗前兰蕙发新枝,清香洗纤尘。熏风射叶群袂舞,相思沧海寄星辰。

灯下沉吟倚兰调,不尽秋水滨。岁月如歌欲归远,暮风吹得晚霞沉。

现场:

  幽兰初绽,粉白花瓣婀娜多姿,含香气息恣意飘荡。微风中传来沁人的幽香,兰叶娉婷如舞女的裙,飘渺似远山的云。作者匆匆路过,却久久驻足,这圣洁的花香吸引了作者,也陶醉了明月与星辰。兰花尽情拥抱这秋夜的静谧天地。细雨飘落,山涧中每一个有兰花相伴的夜晚都显得格外的祥和温暖,良辰美景,岁月如歌。

物华

月季集十六首

月季·君归

　　浓郁秀蕾，盈盈润美，晨露欲滴和风醉。风姿独粹，窈窕聪慧，孤雁相伴思念谁？何留愁绪待君归。

　　沉水香幽，煮几滴泪，琵琶美酒忆旧岁。逝者如水，残梦难追，昨日光景难再回，明朝举杯知是谁？

现场：
　　时值初夏，作者清晨出游时恰逢一场夏雨，原野一片濛濛茫然之色。抬眼望去，隐约有如月季花瓣展开，娇柔欲滴，清香四溢。作者心中不觉动念，却不知这一枝独秀的花朵是为谁而生的呢？是为那远天的孤雁，还是远行的旅人？青石台阶斑斑点点，是雨点，是露水，还是泪痕呢？什么时候她能回到身边呢，寄相思于冰心一片，不知她可曾收到。就算是天崩地裂，沧海桑田，只要能在一起，那些聚散离合带来的苦楚又算得了什么呢？

月季·思乡

　　小园初夏满月季,芳草延绵路千里。习习清风唤归去,顿感浓浓思乡意。

　　风光绮,蝶舞低,携手漫步花丛密。凡花谦让数第一,最识人间情和意。春尽众花落满地,不离不弃唯月季。

现场:
　　这首词是作者的感怀之作,春天的花开了又谢了,秋风吹散愁云,深冬天地冰封,一派肃杀之气,唯有盛夏之时,花园里月季怒放,一阵清风送来了浓郁香气,却使得作者倍感思乡之苦。月下小楼,孤影独梦,忍看春夏秋冬?谁人话萧索,只是夜寒寂寞人不寐。记得当时月下执手,漫步花丛,共叙情话,笑语嫣嫣,含情脉脉。只是相聚苦短,离别之时,依依不舍回眸看,把心事独想,千言万语化作一叹而已。那份情谊是否还在,几度回眸,几载相思,伊人唤不回,唯有满园月季最懂得人间情意,还陪伴在身边,与君一同苦苦盼归。

月季集十六首

月季·销魂

　　姹紫嫣红花难比，更有牡丹销魂迷，熙熙攘攘蜂蝶栖，流连沉醉忘归期。雨洗尘嚣常焕新，白底彩绘鲜及第。粉红相伴翠绿衣，丹丹一绝胜碧玉。难得世人皆知汝，虔诚境界花海怡。

现场：
　　作者漫步自家小园之中，园外人潮熙攘，园内亦有月季开得热闹。已是傍晚时分，天空清澈，寥寥几朵白云映上了霞光，景色美妙。作者看着盛放的月季花，花枝翠嫩，端庄清雅，内心亦不禁感叹，便是比起有花中之王美称的牡丹也是毫不逊色。下雨了，清风之中花香四溢，雨点打在月季的花瓣之上，仿佛将月季花洗濯一新，雨花四溅，这是多么欢快美妙的场景啊。不知道这些花何时凋谢呢，他们总是要凋谢的，到时候，又有谁怜花葬花呢？作者心知，只要是胸怀一颗虔心，便是深远的境界了。

月季·晨雾

蒙蒙晨雾蝉虫叫,欢歌一曲千瘴消。佳人玉手折枝俏,纵使倾城亦妒娇。蝶影袅,蜂飞高,花朵盛开清香渺,莫道佳人青春少,醉于百花梦中遥。

一枕梦醒秋风恼,吹落残花悲伤绕。几度风雨岁月老,人间沧桑归正道。昨日笑,今夜恼,并非心怨君情薄,只缘世事实难料,月下风前清泪飘。

现场:
  作者在清晨闲步时忽然闻到幽幽的香气,远望过去,蒙蒙晨雾之中,满园月季却像正在酣睡一般,这与骄阳下盛放的样子相比,又是另一番绝美风致。碧绿的湖水载着幽香四处流淌,成对的蝴蝶相随而飞,谁又能说它们的情感是独一无二的呢?作者感叹月季留香,蝴蝶情深,不禁想到这世上哪有那么多白头偕老的爱情呢?

月季·公主

天涯凡尘里，星辰风离，落入花月季，再难寻旧迹。藏于后庭，娇欲滴谁攀比？茫茫花海迷。清风携夏雨，墙外花寂，落瓣堆积。

绚丽耀蓬荜，芳姿不忍离。秀颀亦娇妮，还需惺惺惜？雪白如美玉，淡粉胜柔肌。点点摇曳逸，脉脉馨芳熙。公主德懿，造化灵犀。

现场：
　　相传曾有一个国家，国君英武、王妃善美，王宫里的各种珍宝她都不爱，就是喜爱花草。因此在王宫后面的御花园里，种满了各种各样的奇花异草。王妃几乎每天都要到御花园中赏花。暮春季节，风和日丽、春光明媚，国君兴致也很好，他陪王妃一同到御花园去赏花。满园春色姹紫嫣红，令人流连忘返。在各种盛开的花儿中，国君看见一株月季花儿不但妩媚可爱、姿态优美，而且芳香扑鼻，那绽开的花朵就像一个绝色佳人在向人微笑，喜得国君对王妃说："这花儿比美人的笑容还要美。"那月季花儿也仿佛有灵感，似乎听到了国君的赞美，微微摇晃着，好像对国王的赞美表示感谢哩。这次赏花之后，不久王妃就怀孕了。十个月之后就生下了一个活泼可爱的小公主。从此，这月季就有了个公主的名字。

月季·初识

花落欲断魂,点点惹红尘。新枝亦难抚旧痕,朝云彩笔梦随身。远看阑珊处,月月五彩芬,黯淡天空星辰,雨收云横。

心空伤泪人,悠悠谁吹笙?唤醒晚春。难忘初识情真,轮回几浮沉?爱恨痴嗔,几时得新生?

现场:

  月季花艳,盛放之时给人无尽美感,然而作者却从中读出无尽禅意。虽然月月缤纷,但是时日一晃而过,作者细数,多年的沧桑里,有多少花开花落的哀愁和幽思呢;弹指而过的漫漫人生中,又有多少痴情与等待呢?黯淡星辰下,长夜一人度过,只为苦苦参悟那些真理,只为渡过那无底的深渊。夜寒了,一件薄衣难挡寂寞。明知痴情原是无常物,却因此夜夜无眠,长相忆,静相思。是什么,牵动心中的无限思念,是什么,扰得一生一世怀念,但愿烦恼消除,心田澄净,重获新生!

月季·冷香

夕阳照红妆,伴君添遐想。晚风携来斜晖漾,扁舟独去,花寂染残霜。

辗转余夜长,幽径月彷徨。如若驾鹤追流光,痕迹苍茫,铜炉熏冷香。

现场:
　　月季沐浴着阳光,红妆愈加鲜妍,作者看得兴起,心中也生出无尽遐想,看着花儿,仿佛可以与之对话,想问这花到底为谁而开,开得如此鲜艳?又问这花到底为何而谢,谢得不留一点痕迹?花儿美艳,引来蜜蜂的追逐,也映红了倩女的容颜,像是醉了一般,在蜂蝶翩翩戏舞下,晚霞慢慢地落下了。夜幕下一切都祥和静美,银色的月光照下,月季花也仿佛披上了光华,无比美丽,像是一湾清流载舟而去,一点痕迹也未留下,只留下让人回忆的冷冷芬芳。

月季·葳蕤

艳阳照得百花醉,堤柳拂水,长亭独开月季。游人都赞芙蓉美,谁见春香眼儿媚。

世路艰难心受累,虽非头魁,花开亦葳蕤。不落红尘惹是非,笑看风逐白云飞。

现场:

盛阳之下,月季开得茂盛,其中更有一朵开得最为娇艳,作者眼见但凡过路之人,见如此花娇,皆不吝赞美,却无人顾及还有一朵小小蓓蕾,正在努力绽放。作者心有感喟,花还未开,在众人眼中,却犹如青烟一般无人怜惜,正如人生在世,知音难求。若有相知相识的好友相伴,便不会再有悲戚和泪水。就如同那一朵小小的蓓蕾,虽无人疼惜,又何必挂心,不如放开心胸,把一切看得淡一些,如此,这些委屈无奈便都如过眼烟云,无须挂怀。

月季·夜曲

　　春色如许锁深闺,凭栏问月影自回。忘情心逐南归雁,多少恩爱随流水。只剩芳心空劳累,孤杯独品愁滋味。夜色迷茫双泪垂,唯有月季暗香佩。梦绕魂牵盼君归,不负相思长相对。

现场:
　　入夜时分,月季花渐渐进入了梦乡,作者也关上了心门,将一日的疲惫独自抚慰。相思的痛苦虽能渐渐褪去,但是人世间的真情真爱却是值得一生细细品味的。犹记得,恋人不在意的话语,她的情感如温柔的水波,如梦一样美妙,让人沉醉其间却不知道情也会消。人生本如梦,作者深知不应醉心于梦,美好与情义都是短暂的,唯有空和飘渺才是永恒的。万物皆空,一切如梦幻泡影,本不必执念不忘。可作者还是舍弃不下,希望这情谊能长久相存,不要转瞬即逝,化为渺茫之云。

物 华 | 诗悟花木三百首
WUHUA SHIWU HUAMU 300 SHOU

月季·情愫

城外弯弯路,看月季、漫山麓。谁说荒野花,难入廊庑?岂不知萧条时,凄凉相对话空无,一帘轻卷蝶曼舞,古琴悠曲别样赋。

远山古寺酒难沽,世事听谁诉?莫为多情误,风摇庭梧,人生坎坷处。不如点香燃烛,一缕袅烟出,魂魄飞去菩提度。

现场:

作者在洛阳白马寺游历之时,曾见寺内一园遍植月季,盛放之时,莫不令人倾倒。然而,这一园月季却只是悄无声息地盛放与败落,更显得这寺庙里静悄悄的,好似只有亘古不变的宁静。在这宁静之中,多少往事涌上心头,作者想起了那些沧桑离别,一片深情难忘。喝着禅茶,听着禅音,一切都会像泡影一般随风散去。作者静静地看着西下的夕阳,心中不是寂寞,也不是寂静,而是空明,呼吸着月季花朵的气息,灵魂深深地皈依在菩提之中,一切都是如此平淡,如此静谧。

月季·雨骤

江南溽暑旱枯苗,白光耀,雷雨到。风摧百花玉容销,花事了了。唯有月季俏,情贞谁知晓?

鸣蝉嘶嘶蛙声噪,无人相伴孤寂寥。雨后天新清风妙,远山彩虹,小楼轩窗瞧,不意花在笑。

现场:
　　暑热之中,一阵雷阵雨倏忽而至,闪电像一道白光,刹那照亮了整个天地。雨过后,骄阳新升,只可惜一阵狂风暴雨过后,园中花谢花飞,玉肌消殒。唯有俏丽的月季花,伫立在风雨之中,坚贞地绽放她的生机。作者漫步在青石道上,花朵洁白如无瑕的美玉,像有薄纱在上,渗透出幽幽的美。作者听着蝉鸣,看着远山,心中一片静怡,朵朵月季似乎也含着笑意。

月季·别后

　　一路风残,月季花姗,小舟栈桥河湾。碧水涟涟,离歌轻弹。前去烟波弥漫,东风轻,峰峦离岸。云间雁,皱波映影,孤声楚天叹。

　　花澜,忆旧年。月月灿烂,粉黛阑珊。千千共赏欢,花开平凡,香飘几重远山,孤帆渐远近天寰。风兼雨,唯盼君还,无语立江边。

现场:

　　暑日已近,幸有风来,本应是月季花开,灼灼其华的时候,不知为何,花季却是姗姗来迟,久久不开。想起那日正是在月季花下与心爱之人定下盟誓,而今定情之人却进京赶考,数年未归了,只余美人暗自垂泪。莫不是这花也知我夫婿不归,才迟迟不开的吗?一念及此,美人当真收拾行装,去寻找离家的夫婿。立于舟头沿江而下,一路的景致也无心观看,想到暮色降临,又有几人欢喜几人垂泪,美人不禁悲从中来。这人世间最可怜的,莫过于情到浓时却只有孤身望着天际孤鸿,暗自垂泪啊。

月季·随风

邀来明月说春秋,云微凉,风清幽。古琴奏出香满楼。一曲心悠,寂寞横舟,昨夜雷雨骤。

谁管天地新与旧,无言独看江河流。一世英魂随风去。蓦然回首,红颜消瘦,小桥荻花洲。

现场:
  一叶小舟从远处蜿蜒而来,船头站立着一位清秀的女子。船在江边古朴粗犷的戏台前停下,在古琴悠扬曲声中,女子粉墨登场,唱起纤丽华美的缠绵声调。催人泪下的曲声,江上汤汤的水声腾起,化成天公悲戚的雨滴,雷雨声骤然响起。英魂已去,这隆隆雷声是否能听见这柔弱女子的倾诉与祈愿,助她寻回有缘之人。

月季·疏雨

　　暑末晚风送疏雨，粉面清漪，芙蓉出水丽。亭内横笛唤倩女，彩笔小字凭君忆。

　　若赞常开属月季，亦难经冬，黛玉葬花泣。伤心清泪双流去，千帆过尽孤身凄。

现场：

　　盛夏时节，一场午后的疏雨打湿了盛开的月季，在作者眼里，却别有一种芙蓉出水的清丽之感。耳边笛声幽幽吹响，正在寂寥之时，似乎花团锦簇的月季也忽然瘦去了，仿佛美人迟暮一般。细雨中，清透的江面波光粼粼，仰望苍穹，大雁成群结队飞过。纵然如此美景，却是千帆过尽，心中盼望的人直到最后也没有出现，着实有些惆怅。

月季·苍生

漫山月季古寺红,出家人,苦行僧。花开墙外艳无声。戒律日颂,凡心已去,笑对众生。一双手掌勤垦种,一身补丁俭为功。心念佛陀慈悲浓,善由根生。

欲望弃空,天下苍生荣。人生在世太匆匆,贪嗔岂能正见通?吃得几两用几重?朴素方为世本用。坦然笑对千人问,江山菩提风。

现场:
  这首词是作者听闻寺庙中僧人梵唱,心生顿悟有感而作。梵音伴着钟鼓声传入耳畔,脑海一震,如同醍醐灌顶一样,又像是一缕光芒照进来,让人心中透亮。那些俗世的七情六欲,红尘中的贪嗔痴三味渐渐地远去了,心田中一片空明,久久压在心头的忧愁不见了,气息毫无阻碍地在身体里流动。正是这肃穆的禅歌净化了心灵,正是这庄严的佛法洗去了灵魂中的尘埃,这是一种"空",是一种"无"。本来无一物,何处惹尘埃?只有做到无欲,只有空明透彻,才能得到真正的解脱吧。

月季·华年

晓来芳姿问缱绻,露华月月谁还怨?宫墙垂柳缠眷恋,盘向长天醉瑶仙。暮雨滴尽夕阳绚,秋风清凉传鲜妍。朵朵自持不争先,迟至天明尚无眠。

重重蕊瓣斗红艳,霞光斜照莺歌绵。料得千盏甘露煮,茶香浓酽飘半天。佳人笑语月华前,徘徊花下韵味远。夜色携来倩影旋,禅音未停伴华年。

现场:
　　这首词是作者由赏花而得的禅思感悟,亦可看做是作者作为居士,虽未披袈裟却以出家人行的一段畅想。原本简单的赏花之事,由月季的芳姿而来的仙人共醉开始,却带出了丰富的视听感受。虽然月季美如仙子佳人,却不及草亭烹茶,弦音飘荡。出家人目睹佳景,巍然自守,禅意从生命里发出来。

物华

凌霄集十二首

凌霄·尺素

凌霄爬满窗攀户,娇蕊吐,芳姿独。美妙年华谁与度?飘飘若仙,淡雅婉淑,仿佛橙云雾。

墙内闺房墙外路,暮云横天笼津渡。几句题吟琴伴读,一剪尺素,托付倾慕,伊人羞宜卜。

现场:

《凌霄·尺素》是凌霄集中的首篇,凌霄集主要用了拟人的方法,描写凌霄花和人之间的亲密关系和它作为伴君花的美丽解语。凌霄爬满了窗和窗前的树木,一朵朵都是那样的美丽可人,而且美丽的姿态不和其他花朵相类似。作者痴痴地问凌霄,可否能够常伴身旁共度华年。暮色将近,彩霞满天,恍惚中,作者把凌霄花当做佳人思慕,竟写了一纸小楷想要寄给花朵,而花朵竟好像害羞般读懂了情话。

凌霄·失落

秋来独秀凌霄,婷婷袅袅。江畔栈道,江月共潮。谁能逃,繁花复萧条,香迹杳杳。纵使再吟,夕阳虽好,但觉余生渺。有情佳人拓墨描,画成随风飘。

孤零花桥,地迥天高,骑上墙头远眺。客舟来去消,回眸弹指少。红粉姣,江树欲烧,风雨到,血染江淖。渐黄昏,斜阳低照,重重耀耀。

秋雁竟早,花落地,凄凉谁晓?世人惜颜少,青冢墓高,待来生。沧桑路人间道,风雨摇,岁月刀,有酒醉今朝,再不惧红尘扰。

现场:

  作者描述了一个佳人逝去的凄婉故事。凌霄花开得浓丽,婷婷袅袅地站在当年佳人亲手种植的江畔栈道,经历了多少次的风雨洗礼,一年年又枯荣重生。年年岁岁花朵娇艳,可种花的佳人此时身在何方?想要吟唱几曲,聊寄思念,张口发出的竟然是悲戚之声,只觉得自己茫然无措,佳人无处寻觅。当年佳人的手稿也随风飘起,如往事一般消散,留不下念想。作者回首往事只觉得人世凄凉,这凌霄的花瓣落入江水之中,点燃天际,像血一样染红了江水。本是夏季,可为何有了初秋的凉意,但愿来生可以同她共度一生,总好过这样独活于世,年年岁岁增添新的忧愁烦恼。

凌霄·风高

　　岩上凌霄,风高花影摇,十里香飘,沉醉小乔。静默处,欣欣然。岁月逝,花容不老,风雨疾,犹自轻笑。一颗虔心莫道早,江河奔腾任尔遨。

　　隔山天水遥,信捎秋雁到。字字销魂,曲曲回肠,此情不断千年绕,修得漫山朵朵娇。

现场:
　　岩上凌霄可人,风吹动它的枝梢,它的花苞细小,连飞鸟都未曾留意她的美貌。只有作者驻足于花前,欣然观赏,岁月变迁流转,凌霄却一波波盛放不改娇俏,风雨也不曾改变它的魅力,它只一心一意的盛放,也顾不上争春夺艳。水重山遥,秋雁捎来的是不是故人的书信呢,在字里行间读到的都是思念。希望能够相知相伴一山凌霄,直到永远。

凌霄·幽梦

凌霄藏幽梦,花开悄无声。芬芳沁入魂,暮笛醉清风。未觉霜渐浓,欲上九霄千万重。秋意朦胧,唯叹无船过江东。

原本墙内红,墙外引蝶蜂。牵出花云彤,春心入晚钟。雨洗青空,万里惊鸿。一觉千年梦,岁月叹峥嵘。

现场:

《凌霄·幽梦》,描写了作者梦中化身一只小蜜蜂,进入凌霄的花瓣睡了一觉的有趣想象。凌霄花中是不是藏着美梦,小蜜蜂好奇地藏入了花瓣,去寻找美好。芳香立刻包围了它,清风吹拂着加深了它的睡意,梦境绮丽,就这样铺展开来,犹如辗转九重天际。这墙内深藏着凌霄花的美丽,也不知怎的竟被蜂蝶发现了,留连忘返。天空好像被雨水洗尽了浮华,只留下一片澄明。

凌霄·花女

　　远望亭亭静，近观含羞隐。刘海刚覆额，人花两相映。丹凤会神凝，樱唇轻歌吟。风过摇花影，杏眸似含情。水清楚汉韵，卿卿梦不醒。

现场：
　　作者邂逅一位卖花女，远看着她身影清丽，近看之时，她却羞涩跑开，一派天真烂漫之美，刘海衬得脸庞越发秀丽，和她手中的凌霄花相映成趣。她的丹凤眼分外灵动，而嘴唇如樱桃般可爱红润，还轻轻哼唱着歌谣。卖花姑娘纯净美好得好像春风拂过的楚汉之水，清新秀丽，让作者竟如沉醉不醒。

凌霄·美人

凌霄美人冷艳惊,不愿低匍居下林。攀岩无畏嶙峋险,欲比天仙胜登临。暮曲凝香云霄凛,倩女星游寂寞亭。

现场:

作者把凌霄比喻成美人,加以赞美。凌霄冷艳高傲,不愿处在树林的下层而努力攀登,不愿意匍匐在别人的脚下,即使路途再凶险她也不曾退缩,而是无畏前进。孤高寂寞处,凌霄花好像仙女一样站立云端。可清高的代价必是孤独,可她也不畏惧高处不胜寒,甘于寂寞清冷,只身向天,静静地看着星河流转。

凌霄·泪痕

　　晨风惹白露,犹如伤心泪。凌霄吐香醉,袅袅青烟魅。新绿片片垂,淡淡一缕翠,花开红似火,点燃天边辉,照影独步回。

　　多情悔,愁滋味,苦化悲。寻觅当年,温柔浸没花中蕊,倾注泛出痴心累。高处坠落魂魄碎,是为成全谁?夕阳无限美,天边孤雁飞。

现场:
　　清晨的花朵沾染上了晨露,好像昨夜残留的眼泪,这凌霄好像佳人一般玉肌雪肤。花叶之间,作者想起了故人,想起了当年美丽的身影伴身旁,两人一同相处的快乐日子。痴心追求却最终失去,倾注的思慕一朝全部落空,就好像一下从高处坠落般孤苦无依,作者怅然若失,只好感慨自己的一颗真心空付,独坐原上,看夕阳西下,独自伤怀。

凌霄·天涯

　　曲径深处，石壁挂竹，凌霄花开攀天麓。不愿匍匐，不堪践踏辱，誓与彩云为伍。谁与度，风雨同沐。暮色下，漫山红雾，夕阳落幕。

　　仰望也，凌高树，叹赞折服。君傲骨，不甘附属，岂为万众慕！鼎鼎血铸，前人羡来后人祝。看世间，意难如，天涯漫漫路。

现场：
　　作者在曲径深处找到了不起眼的凌霄花，虽然它不甚起眼，但凌霄花却有着其他的美丽花朵不具有的骨气，它想要爬上天麓，不愿意匍匐在路人脚下，要用自己的精神征服青天。凌霄花如此娇弱的枝蔓，竟然有着树木一般的骨气，这样的品格惹得众人来赞慕，但是这些溢美之词也不会让它停下攀登的步伐，如此的铮铮傲骨是那样难得，作者感慨不已。

凌霄·缠绵

　　泪眼欲滴心欲碎，朦胧中，芳尘飞。秋风莫问心恨谁，忍把花摧，残红飞逝，凌霄孤身坠。

　　一世花开盛情醉，半世飘零月华褪。试问闲愁深几许？卿若成风，吾若成雨，风雨缠住谁？

现场：

　　《凌霄·缠绵》是凌霄集中的一首惜花之作，明写惜花之情，暗有怜人之意。一开篇作者便描写了自己眼眶中含着泪水的场景，这般的伤心只是因为看到秋风乍起，将凌霄花吹落了一地，作者嗔怪秋风狠心不怜惜花朵。世事就犹如风雨，无情淡泊，这让作者想起了相隔的佳人，不知道她此刻身在何方，不知道她是否一切安好。要是佳人是风，自己是雨，便能相互痴缠，永不分离。

凌宵·珍惜

　　花开千河,鲜妍如昨,风吹枝蔓影婆娑。几曾见,晴芳差落,含苞迟来牵红罗。况晚暮,烟袅斜阳,残霞落,更显娇媚婀娜。晚来风高林愈深,山下已无灯火。

　　驿车环绕舟船泊,往事如烟,去留难酌。花痕烙,欲诉难说,冷颜错,云水幽波。不相见,念念且活,梦睹芳容君泪浊。如若月下葬花魂,焚香恍然失措。

现场:

　　作者看到凌宵花开,不禁思念故人。这日暮风高催落花朵,正好像世事无情将自己和故人相隔。晚霞下的凌宵花更显妩媚情态,姗姗可爱,就好像自己和故人当年相伴时一样美好。当年辞别佳人之时,执手不忍放开,直到山下的灯火都全部灭了,才痛心送别佳人的马车。如今想来,这一幕幕的往事好像就发生在昨天一般,让人难以忘怀。作者看不到佳人,两人青山相隔,生活也毫无滋味,偶尔在梦中看到佳人身姿,竟渴望不要再度醒来。可梦终究有醒过来的一刻,每每到这时分,作者总是怅然若失,茫然失措。

凌霄·婵娟

　　东风拂面，露湿娇颜。凌霄亭亭立，依依断崖边。多少蜂蝶眷恋，极目探遥天。暮云遮不见，惹来风相羡。

　　立墙间，卧溪边，梦无眠。长箫悠旋，愿伊人，花开时节来君前。更得秋霜残烟，月落阴晴圆。如若成花仙，婵娟共千年。

现场：
　　《凌霄·婵娟》写的是作者对于凌霄花的喜爱和希望她能够真的解语成人，与自己相伴的美好愿望。东风拂过花朵的面容，细雨也慢慢地滋养着她，凌霄花亭亭玉立，开遍了岩崖的每个角落。蜂蝶纷纷来访，连晚风都对她的美丽表示艳羡。作者与花朵相伴，习惯了凌霄花的存在，作者不禁发出痴语，希望花朵能化成花仙子，在有一年的盛放之际出现在自己跟前，并希望两人可以一直相伴，共伴婵娟直到永远。

凌霄·欢笑

挽君登高朗声笑,峻岭延绵渺。信步高崖知多少?娉婷谁娇,东风可知晓?

人间情意惜年少,只叹花开早。如若千年忽回首,一间草屋,恩爱多逍遥。

现场:

作者想象凌霄化成佳人,凌霄美人挽着作者的手臂,两人一同登高,欢笑声被风传远,心情愉悦畅快,连远山都带着微笑。凌霄喜欢登高,身姿娉婷分外美好,这样的美丽,天天经过她身旁的东风,它是否注意到?人间的情意太过难得,况且人世变迁,佳人易老,应当珍惜眼下的快乐时光,不需要迷恋奢华的生活。只需要一间简单的茅草屋,有情人就可以相守到老。

物华

牵牛集十二首

牵牛花·伴君

千里行,瓜棚歇足,恰见路边,紫云白露。牵出朵朵,心为伊驻。静默读,芬芳到处,伴君山水渡。纤纤绕篱笆,幽幽放,点点舒。

离别故,沧海悠悠路,细雨濛濛,烟笼凄楚。登临高处,浩渺忆古。看江河,昼夜不住,神韵写天暮。花开千万束,相思与君书。

现场:
  这首词表达了作者对牵牛花常伴身旁犹如婉约佳人的美好想象。多少人在世间的旅途中孤独行路,歇脚时却瞥见一朵朵紫色白色相间的美丽花朵。作者和牵牛花心意相顾,花朵静静地伴读,相伴的心思好像牵牛花的枝蔓一样缠绕缱绻。娇花解语,知道作者内心的凄苦,牵牛花轻轻地慰问安抚作者的徘徊不定与疲惫不安。看它纤纤枝蔓缠绕高树,静静地站在一边,尽可能地向人间播撒一点舒心愉悦。作者突发感慨,希望逃离案牍之累,希望寄情江河之时,回首依旧能看到千万花朵在原地绽放如故。

物　华 ｜ 诗悟花木三百首

牵牛花·等候

　　篱笆牵牛，爬满矮院墙头，朵朵喇叭吹奏。想当年，初邂逅，别后人空瘦。执意守，归途高歌相候。

　　去去回首，争奈马蹄声骤。曾记否，暮色消瘦，袅袅烟折柳，风盈袖，新月如钩。问离愁，千里秋色斗浊酒。

现场：

　　篱笆上的牵牛花一朵朵像喇叭一样在篱前家门口等候，就好像作者一样等候着什么。感怀当年的邂逅，追思别时的折柳相送，作者此后一直固执的在路边痴痴等候，希望能够在佳人回来之时，及时高歌相迎。牵牛花的小喇叭中吹奏的曲调，好像驿马远途归来时的声声低嘶。徘徊篱前，作者想起了当年日暮辞别之时，天边的袅袅炊烟，晚风盈袖。蓦然间问起离愁有无，只剩满目的秋色茫茫，手中残酒一斗。

牵牛花·移步

　　曲径幽竹，夕照花谷。蜂来惹得蝶也舞，痴忆佳人，脉脉诉。

　　溪畔亭口，笛声如故，催落朵朵紫红簇，彩云相逐，难移步。

现场：
　　曲径通幽，生着幽竹千竿，映衬着开满牵牛花的山谷。蜂蝶常常飞至此地，只因为倾慕牵牛花的娇柔肌肤，它们悄悄地钻进牵牛花的花蕊，惹得牵牛花痒得咯咯直笑，绽放得更加美丽。作者痴痴地看这牵牛花，好像听见了花儿的笑声，好像看见了一位娇俏佳人，脉脉含情相顾。作者漫步溪畔，徘徊不愿离去。秋暮落下之时，横笛远吹，似乎在催人归家。可夕阳下的万簇花朵让人流连忘返，牵牛花的红色衣衫映着天边晚霞，作者心中又怎忍辜负这般美景，就此移步离去。

牵牛花·童话

　　甘露催发旧枝桠,青蔓柔枝绕篱笆。晴光花影共戏耍,朵朵温柔伴云霞。

　　朝对红日吹喇叭,夕伴明月弄琵琶。漫笔勾出奇妙画,牵着牛儿插着花。

现场:
　　这是一篇描写作者美好想象的词作,抒发了作者对于生活的美好向往。柔柔的风慢慢浸染着季节,让旧年的枝桠重新焕发出生机,悄悄地就有牵牛花爬上了跟前的篱笆,在阳光的照耀下,光线与花朵互相映照似乎在玩耍追逐,一朵朵牵牛就这样温柔了岁月。多少人赞颂着美丽如同晚霞的颜色,牵牛花却不曾自恃自夸,只顾自己静静地绽放。千年的梦想似乎被唤醒,作者希望和它一起谱写新的童话篇章,愿景在清风的吹拂下美好如画,在想象里,作者正无拘无束的赶着牛,伴着花。

牵牛花·牵手

一种相思情，悠悠在心田。绵绵青山远，牵手咫尺间。坎坷歧路，相伴苦亦甜。花开叶缠绵，不必相疑怨。

人间月难圆，世事易变迁。梦醒香犹在，花朵枝茎连。冷月卷玉帘，袅袅山野烟。

现场：
　　作者思念故人，以喟叹起兴。自己和佳人相互惦记相互思念，离人相隔青山之远，可思念却在咫尺之间。能和故人牵手，即便是路途艰辛坎坷，相伴的情义也能使得生活的痛苦变得甜蜜。继而笔锋一转说道，人间之事自古难全，两人心意相通，就不必再互生间隙，何必在猜疑上消磨岁月。梦醒时分，昔日牵手之境早已不见，可墙上的牵牛花枝蔓依旧紧紧缠绕，冷月独悬窗外，映衬着远山的孤烟。作者突然感到豁达明朗，相信只要心中有情意，哪怕相隔再远，也有雾开云散的一天。

牵牛花·情绝

情困古来多少怨,清风吹开万紫妍。狂花乱舞不堪羡,静静清香焕娇颜。闲对纱窗剪泪烛,嗒然一声笑对天。

现场:
　　情思相绝之时,心中可以生出多少怨恨,恰如这一夜的清风吹开千万朵牵牛花一般。风雨想要摇落它们的枝条,可它们却倔强地立在亭边墙角,一旦风停雨散,又重新绽放。作者孤寂的坐对纱窗,剪着西窗之烛,想着是否有一日真能忘却前缘,到那时也许便可以洒脱登高,笑对苍天。

牵牛花·永久

　　喇叭花开手牵连，倚着篱笆翘颔首。朵朵盈盈情意柔，静待君归天长久。溪边笛音玉人游，何人指摘夏日愁。竹外疏柳寂寞洲，高山流水落云岫。曾记芊芊频携旧，吹尽留香恨空有。

现场：
　　喇叭花盛放，缀满篱笆，好像当年佳人依靠着篱笆，还微微抬着头，一朵朵都美好又清新，好像要静静地等待故人直到天长地久。溪水边的笛声有些悲凉，随着吹笛之人越行越远，愁思却越来越浓厚，是谁人在嗔怨这夏日里突如其来的离愁？作者一人在疏竹之间看着尘世间的落寞，弹着琴曲装作怡然自得。可身边盛开的牵牛花却让作者不禁想起佳人，想起自己与她一同在此地相伴郊游，身上留香似乎仍在此地漫散尚未被晚风吹去，可被吹去的却是佳人的身影。

牵牛花·琴吟

晨雾轻轻锁山村,篱上牵牛花自馨。喇叭半开待红日,翠蔓斜缠月西沉。纤手轻摘玉缤纷,渡船未启笛声隐。不为侯门唱赞歌,青山旷野合琴吟。

现场:
  凌晨的雾气静静地弥散开来,静静地掩盖了睡梦之中的小山村,翠绿的枝蔓之上是朗朗的星空。晨风吹起一阵花粉,作者轻声问问,是谁摘下了朵朵彩霞般的牵牛花,又牵走了谁的梦境。顺着斗折蜿蜒的溪岸看去,清晨一片清冽的寂寥,没有来往的渡船桨声,没有离别的横笛之声。只听闻鹤声清厉惊散寒鸦,映照着湖水的波光粼粼。倘若淡去功名前程,是否就能独享一山清幽,和知音同奏一曲琴音,迎来一朝霞光。

牵牛花·晚歌

篱蔓缱绻碧剪纱,朝迎天风暮伴霞。喇叭千枝同声醉,凝情缠绵即天涯。笑语清逸月仲夏,绿茎相连沁万家。牛郎摘星且莫问,织女添香星河斜。

现场:
《牵牛花·晚歌》表达了作者对于爱情的思考和对故人的思念。篱笆上重重叠叠地开满了一簇簇的牵牛花,竞相开放缀成一体,千支喇叭吹响晚歌,一同在暮色中醉去。谁说要相随天涯海角才是真实的心意,有知音相伴缠绵之处,就是天涯。花朵犹如美人舞动的裙袖,绿色的茎叶让尘世都馨香起来了,作者却发现自己的思念犹如这一朵朵的牵牛花,随风晚歌播散天涯。别去问牛郎星织女如何,难道没看到织女的相思已经溢满银河?

牵牛花·婆娑

姹紫嫣红缠绵多，万千娇娆盈梨涡。熏风轻舞逐香去，峭崖欲跌翠叶荷。野原点点红胜火，芳心醉凝玉颜酡。倩影婆娑舞月下，晨曦一展即放歌。

现场：
　　作者思念佳人昔日的舞姿，恰似牵牛的红裙罗裳一样身影袅娜，那柔情蜜意盈满了一双梨涡，舞姿轻曼香风吹拂，佳人出行之时连两旁的翠叶都为之迷醉。远处的袅袅炊烟点燃的是野原之火，像是思念潮水般涌向此时的作者。他痴痴地看着牵牛，思绪飘散到那时的场景，倩影婆娑仍在眼前舞动，粉面杏腮映照天边的晚霞，醉眼迷离中映着满天星河，目光流转，叫人无法忘却彼时彼刻。

牵牛花·阑干

　　篱笆漫寻牵牛残，无花聊添泪阑珊。茜色衣裙翠色挽，一席相伴醉西山。层云尽染霞光远，执手相看人间欢。

现场：
　　这是一首哀而不伤的小词，描写了作者遥忆当年场景，可遍寻不得的怅然若失。作者心系牵牛花，漫步夕阳之下，把篱笆寻遍，以觅牵牛踪迹，却未得一朵，聊添残酒一杯，无端泪流满面。想起当年红色的牵牛花半晌点缀着青绿衣裙，当时相伴一席直至日落西山。那时候满天云霞流动，层云也被染上颜色，娇俏可人，作者与佳人执手相依，笑谈往事，一同看着人间美景。可此时遍寻不得佳人，遍寻不得牵牛，只得独守夕阳之下，遥忆当年霞光初落之时的美好场景。

物 华 | 诗悟花木三百首
WUHUA SHIWU HUAMU 300 SHOU

牵牛花·朦胧

　　花漫山野峻岭松，溪水宛然绕青葱。家在坡上牵牛中，嫣然缀满篱笆丛。亭里箫声逗蝶梦，苍鹰只影傲天风。借问小僧游何处？烟波袅袅雨濛濛。

现场：
　　牵牛花开满山野，在崇山峻岭之间独自美丽，溪水悠然地流入青葱的森林，静静地流入花丛。山坡上有一间小屋子，小屋子旁边也种着一簇簇牵牛花，姹紫嫣红地绽放，使得篱笆都缤纷了不少。屋中厅内飘出一阵阵箫声，悠然婉转，似乎化蝶之梦，又似乎是在引来苍穹之中的鹰隼相顾。山路上突然经过一位小僧，询问他何处去，他指向山上的一片朦胧花影。

物华

芭蕉集十二首

芭蕉·重生

碧树倚红墙，楚楚俊逸，裙袂飘香，凭栏赏新妆。忽来雨骤风也狂，摧得扇叶泪斑斑。书剑落尘亦堪伤，无语话凄凉。经逢书生善心怜，剪残叶，护根连，良知换新颜，蕉叶碧翠暗流年。

现场：
　　芭蕉树翠叶妆成，清新可人，润泽细腻，叶子好比少女的裙袂一般灵动。可奈何雨横风狂，摧残枝叶，它残破的身躯静默在雨后，倚靠着墙根。一个书生经过，不忍看见芭蕉就此被风雨摧残，他托起芭蕉的残枝败叶，收拾残局，将芭蕉伤痕治愈，使得它再焕新生。仅此一举，令人感到世间温暖，惜花之人遍布，不是皆为无情之人。此词体现在作者爱惜草木之情，暗喻世间存在好心人，表达了积极向上的生活态度。

芭蕉·夜雨

芭蕉下,栈桥边,烟雨愁漫天。一点烛火,燃尽离别言。孤苦浸染心间,半掩容颜。秋色暗,几声凄咽。

旧花钿,泪眼有谁怜?海角天涯,知己难觅,相识相知又分离,月牙何时才成圆?碧落黄泉皆寻遍,思念魂牵意绵绵。

现场:

《芭蕉·夜雨》生动细腻地描写了作者对故人的想念。芭蕉下,作者一人独立在栈桥上懒看满天的烟雨,愁绪一刹那便涌上心间,漫上眉头。一如这无边的秋意,凄凉哀婉。犹记掌心把玩的旧花钿,是昔日伊人最爱之物,不知此时她在天涯何处,又是否有谁懂她的忧伤。作者念叨,人道是知己难得寻觅,可为何让自己与佳人相识又分别。默然久立,只能叹人间悲欢是常态,让自己思遍三界,念想却依旧不得排解。

芭蕉·古琴

　　亭亭芭蕉树，垂阔叶，郁郁翠肤。古琴幽诉，历历往事旧花坞，苏堤断桥愁无路。香尘散，花落水逐。痴心离情失迷雾，涧水栖白鹭。

　　题泪帕，湿斑竹。霜降寺钟幽处，琴音渺，无计留春住。若向何时再相会，天涯茫茫无限路。

现场：
　　门前亭亭玉立的芭蕉树，阔阔的叶子低低垂下，翠青的肤色木质的骨，惹人怜爱。作者轻声询问，是谁人在芭蕉树下抚动古琴，没有人回答，可一幕幕往事却涌上心头，催生断肠恸哭。旧年的香粉早被风雨吹散，旧年的情话也随水流漂走，上下九泉求索故人，却只得无功而返。江边白鹭之景依旧，可流年却不曾归来。只好静默斜阳，沉香净手，漫弹琴曲，在寺院钟声中回想旧时过往。

物　华 | 诗悟花木三百首
WUHUA SHIWU HUAMU 300 SHOU

芭蕉·离愁

堤岸各自愁，离人倚孤舟。风满楼，雨打芭蕉皱。琵琶素手谁忆旧？月色暗，窗外幽。

弦断酒未休，笑对烟水流。醉倒不知身是客，犹怜香断红销，泪空垂，难忘忧。

现场：

《芭蕉·离愁》是作者芭蕉惜别之作，表达了作者送别友人的依依不舍。离别之处的堤岸看上去都分外的忧愁，好像静静见证着离别之人执手挽留。昨日的骤雨疾风只留下芭蕉残叶支离破碎，岸边素手琵琶，弹着离人别曲。作者叹喟着好景不长留，仰望天边月色昏昏，天色幽幽。不要怪是琴弦乍停使人心伤，这曲终之时，便是离愁；人散之时，知音便就此远走。友人走后，作者独自面对残蕉，是以贪杯买醉，也许醉了就可以忘却离愁。

芭蕉·伊人

　　庭前芭蕉绿蓑衣，雨过风清月楼西。纵使摘花香如故，往事如烟成空忆。

　　婉约笛，相思意，红尘舞出浮云霁。为君守得千年碧，念念一生长相依。

现场：
　　庭前芭蕉盛荣而立，如同一位披着绿蓑衣的女子。暮雨过后，月明风清，独临西楼，作者恍然置身梦中，似乎闻到当年花香萦身，可这一切只是迷蒙醉梦中的幻觉，一瞬间便了无声息。作者从宿梦中醒来，只见芭蕉依旧亭亭，却不似其他草木香气浓郁。作者感慨，若是自己是掌管花木的神明，一定叫它长青不败永久玉立。

芭蕉·烛影

冷翠扶花日影疏,郁郁依窗听夏初。风吹蕉叶迎风舞,画卷展轴铺。小楷密雨书,宛如紫烟出。

绿蜡是树亦非树,雨打声声天音赋。诉说一腔相思苦,烛影摇摇伴案牍。皓月窗前顾,心念故乡土。

现场:

芭蕉叶子色泽清亮鲜活,伴着花丛与树荫,掩映着丛丛翠竹的绿色,相映成趣。风吹叶动,像极了美人舒展衣袂,轻盈地舞动束腰。而风雨来时,又宛如化作小楷书写的墨卷,腾起细细的水雾。要说芭蕉是树却不是树,可它虽然不是树,却比树更挺拔秀丽。一旦有雨滴落下,便流淌出犹如琴曲一般的声音,似乎在低声诉说相思之苦。那红烛影映出它的身姿,似乎是伊人在相伴作者案牍芳形。芭蕉就这样沐浴着皎洁月光,细细诉说一份情愫。

芭蕉·翠媚

秋来花飞,芭蕉翠媚。阔叶潇潇,雨润心醉。色若绿翡,轻坠罗裳。红泥新醅,古琴吟唱。

是谁独对?凄凄月辉。挥洒泼墨,等闲书字满芭蕉。红尘误,流年如故。

现场:
  人都说花比叶美,可又谁人看到芭蕉只有叶子却十分娇媚,每当有雨声浸润,愈发令人心醉。作者煮上一壶绿蚁新酒,思绪飞往别处,在这月夜伴着琴声,吟唱着当年的曲词。可当时共赏的人又在何方?抬头唯见芭蕉依旧垂叶相对。作者独自饮酒,却无故人相伴身旁,怎不让人心有戚戚,不忍相顾?那些曾经书写在蕉叶上的诗篇,都好像镌刻成石碑存在记忆中了。乘着月色缅怀,从未想到当时的痴心一瞬,竟是让人误了终生。

芭蕉·断肠

芭蕉最能消风雨,庭中秋草生白露。犹忆当年情愫开,痴心只为佳人顾。暮光掩映阔叶疏,月下幽径无寻处。

脉脉轻诉相思苦,不学相如心相负。星月共饮酒一樽,忘却烟火断肠处。

现场:

芭蕉最不畏风摧雨侵,即使风雨如注也不改其枝叶青翠。洗尽了千次风雨,依然是红尘中的一抹亮绿。这种坚韧,就好像作者对于故人的情愫,同样的风雨不惧。痴心相对,只为了在旁静静地陪伴佳人。轻声问芭蕉,佳人是否能理解这样一份深情?心中忐忑无所寄托自己的情愫,这般深情的话语,又能向谁袒露?作者暗暗下了决心,自己不会像司马相如那样相负于佳人,此天地中惟愿许心于她,与她共斟一壶,漫看满天星斗,一同举杯畅饮,把所有不愉快都扔进风中,忘却在烟火断肠处。

芭蕉·斜雨

芭蕉斜雨，湖水涟漪，轩窗外，风萧雨浙浙。独坐孤亭心依依，暮色苍茫音容稀。辞别去，苍山远矣。

繁华地，秦淮迷，琵琶曲，青衫醉不离。粉黛红颜梦中戏，宝马香车自迤逦。何日是归期？满心期许谁知晓？芭蕉应记。

现场：
　　作者静看芭蕉独立在斜雨之中，湖面水波涟涟。轩窗之前映着点点滴滴的雨声，分外让人心醉，可雨帘朦胧滂沱，迷离了作者的双眼，不禁让他想起当年的相互依偎之情。当年的音容笑貌已渐渐模糊，却让人感到无限美好。可自从辞别相去，一隔苍山数重，终年难再相见。作者感叹自己身处东南繁华之地，秦淮桨声，倩女妙曲，在晚风熏熏中竟然有些忘却当年的真切情意。佳人是否记得当年所言的归期？为何迟迟不肯归来，这连庭前的芭蕉都记得呢。

芭蕉·夜色

窗映红烛绿芭蕉,心系潇湘月色杳。青灯独照凡尘心,风弄密叶朱颜俏。

素笺薄,山水遥,尽书离合惹新恼。相思暗藏字字娇,山野横烟隔翠桥。

现场:

烛影摇红,映着窗外绿色的芭蕉叶,月色皎然之下作者心里念想着千里之外的佳人。雨下的凉意似乎要洗尽心中的尘埃,却洗不去心中的思念之意,作者痴痴地凝视芭蕉,似乎看到了蕉叶上浮现了故人的容颜。想要凭风寄去信笺,与她诉说自己的思念,却怎奈秋云远隔,无法寄达。不愿提起旧事,平添一份新的离恨,轻轻藏起几卷手札,将记忆藏入远方的孤烟远桥。

芭蕉·暮雨

　　遥寄芭蕉书相思，脉脉几行暮雨迟。难忘巴山驿桥边，白露秋霜黄昏时。

　　梳云髻，著罗绮，一夜无眠孤灯依。江上风起听鹤唳，呜咽声声催晨曦。

现场：
　　作者原本想要书写几行思念寄给远方故人，却没想到思念随着暮雨，蓦然汹涌而至。佳人是否还记得两人当年在巴山边驿里日夜伴读之时的美好光景？可蓦然之间，杏腮粉面又有谁人相看，孤灯只伴作者一夜无眠，孤苦无依，只觉从江风初起，携鹤声归来。而作者独酌直到晨光拂晓，听闻晨鸡。

芭蕉·夜雨

碧玉芭蕉倚窗棂,琵琶夜雨声声应。犹记江岸客舟近,石碣烙上思乡印。

春雨脉脉早蛩鸣,老藤高过朱檐顶。瑟瑟迎风小阑清,明月空照离人影。

现场:

作者静看窗外芭蕉默立无言,却遥遥响起琵琶的碎琼之声。还记得江岸一片片客舟近岸,载来的不知是多年前的游子离人,还是千百年家乡人的思念。在这雨夜之中,更加映衬的虫声凄寒,当时的藤蔓早已爬过了最高的屋檐,可当时的佳人无处寻觅。只留作者在月下独自徘徊,迎着阵阵的江风,漫看烛火被吹得忽明忽暗。

物华

白兰集十二首

白兰·隐秀

云遮山，大树小花秀香篆。碎玉欲滴醉姗姗，娇柔粉黛羞含。闺房碧，脉脉情含，清风徐徐，临水微澜。透骨芬芳傲霜天，犹如甘霖润久旱。静谧湖湾，香韵待燃。

翠裙挽，清润斑斓躲幽蝉。丝弦若为知音弹，舞起广袖飞漫。忆往昔，胸怀已满，忧愁缠，苦亦何难。千年易逝天向晚，红尘尽揽百花堪。安然绽放，唯有白兰。

现场：
作者曾经在祖国的西南一带游历、寻访，在云南西双版纳地区见到的白兰花树，树干十分粗壮，直径约四五十公分，而白兰花朵却十分繁密而细碎，如同钻石点缀着树冠，是典型的"大树小花"的形态。当地人非常重视、爱护白兰花，用砖块围砌树干保护大树，就像对待深闺女儿一样，可谓呵护备至。当地的少女与白兰花一同成长，在白兰花馥郁而沁人心脾的香气中展开属于自己的一幅幅青春画卷；她们富于灵气、聪慧动人，有着白兰花一般高雅纯真的美姿，令作者不由深深感慨自然与人的和谐相处、相互交融，和一方水土养一方人的奇妙。

白兰·翠弘

芳姿绰约翠绿中,素颜一瞥露华浓。风携奇香牵魂去,舞袖翩跹醉梦空。提篮小卖点芳容,灯红酒绿过客匆。如若心惜天下宠,殷勤躬耕岁月丰。

现场:

  作者曾经漫步街头,偶然见到提着竹篮叫卖白兰花的老妇人。老人衣着整洁、笑容和蔼可亲,自述并非以卖花谋生,而是纯粹出于对白兰花的喜爱和珍重,希望把这份香气和美好传播得更远,使更多人能得到她的滋润。作者被老人的淳朴情怀所感动,感到老人的情意就像白兰花一样,在灯红酒绿的都市中是一道纯真的风景线。作者同样深爱白兰花,在长久与白兰花相对的时光中别有会心,认为白兰花是爱与美的象征,人们能从她身上感受到美好的情思和人世间的真爱。

白兰·花香

　　昨夜清雨润芬芳，袅袅晨雾满堂香。回眸一望百花残，再叹已是旧梦伤。扶疏绿竹倚红妆，一朝离别盼恋郎。秋雨潇潇湿霓裳，一步一吟入醉乡。

现场：
　　在百花凋谢的深秋时节，一对青梅竹马的恋人面临分离。过去的种种美好回忆被两人铭刻于心、时时纪念，但不知爱情是否会如同百花一般终将凋零，成为明日黄花。恋人们心中充满不舍和担忧，他们沉浸在追忆往事的感伤情绪中。作者站在少女的角度上，抒发离别之时对情郎的依恋。而此情此景，少女那如同白兰花一般的温柔多情，长久倒映在作者的心里。

物 华 | 诗悟花木三百首
WUHUA SHIWU HUAMU 300 SHOU

白兰·归家

老妪惜香卖兰花,朵朵馨香洁无瑕。怜看童萌无限爱,一步一摇笑哈哈。寂寞无声花开早,沁人心脾满天涯。顾盼儿孙早归家,魂牵梦绕故园霞。

现场:

老妇人思念离家多年、不能见面的儿孙,所以专门选在学校附近叫卖白兰花。她喜欢把白兰花卖给、甚至是直接送给那些天真活泼的小孩子,她看待他们就像见到了自己的儿孙一般,把满腔的慈爱之情都寄托在孩子们身上。作者眼见此情此景,不由也想起了自己的母亲。"哀哀父母,生我劬劳",父母养育的恩情,子女一辈子都无以为报。作者借此也呼吁年轻一代的儿女们,常回家看看,把对父母的感恩之情落实到行动上,带给父母一个幸福而和谐的晚年。

白兰·望归

疏雨洗幽兰,清风绕古桑。窗外满树玉生香,翠帘透晨光。纱后试罗裳,镜前添新妆,岂管沧江舟行忙!花落柳岸人惆怅,长盼阿郎。

现场:
  作者听闻过一个以白兰花和桑树为背景的爱情故事:从前乡下有一对青梅竹马的情侣,小姑娘和小伙子一起种桑养蚕、一起采摘白兰花卖给过往行人。本来以为岁月静好、可以长相厮守,后来小伙子离乡谋生,姑娘虽然依依难舍但仍然含泪送别了小伙子。从此姑娘在叫卖白兰花的时候,总是情不自禁地向行人讲述自己与小伙子之间的故事和美好回忆。她借此排遣孤独和寂寞,也希望行人能帮着传播自己的故事,或许有一天能传到恋人耳中,使他回忆起故乡那个痴痴等待的女子。作者被这个故事深深感动,白兰花在作者眼中也因此成为忠贞不渝的爱情的象征。

物 华 | 诗悟花木三百首
WUHUA SHIWU HUAMU 300 SHOU

白兰·花绵

兰房幽院，翠屏遮泪眼。玉娇颜，情缱绻，雨润风闲。香染红袖舞蹁跹。旧年送别，折花簪，心相念，骊歌已远。

现场：
　　这首作品写一个深闺女子思念远方恋人的情景。作者先写她晨起梳妆，见到窗前的白兰花依旧盛开，宛如从前离别时候的模样，而自己与情人已分别经年，不禁感到一阵凄凉和寂寞。而白兰花的香气经过风雨的润洗反而更加鲜明，染上了女子的红袖，在她孤独的舞姿周围萦绕不散。作者又从女子的视角描写对分别时刻的回忆，从前恋人分离时那样依依难舍、眷恋万分，女子折花相赠，希望情郎能够记得自己。而男子还是登车远去，只留下骊歌声声。

白兰·花缘

　　念念孤芳倩谁怜，暗香萦梦意绵绵。一枝独立傲红尘，玉瓣轻展魂飞远。芬芳永留沧桑年，隔世如何问婵娟？恻隐惋惜落泪咽，温柔缱绻镜花缘。

现场：
　　白兰花虽然有着纯真无邪的形象，但她的美好同时也带来了孤独。她有一身的纯净温柔，持久地散发着香气，萦绕着前来观赏的游人；香气随人远去，甚至能够留存在他们的梦境里。然而白兰花却找寻不到能够寄托自己爱情和心灵的对象，她的梦魂悠悠飘荡，在广阔的红尘世界里找不到归属；属于她的因缘往往迢迢隔世，有情人不能相对、相伴，只能如同牵牛织女一般遥遥相望。白兰花却并不因此灰心丧气，作者也从白兰花的独特品格中感悟到，只有坚守、坚持，才能最终与有缘人相遇、邂逅一段真情真爱。

白兰·花梦

兰花吟,幽香临,洒江心。有谁见,罗裳抱玉琴。凌波舟行,琵琶声渺江月近。舞娉婷,泪满襟,何处知音?

冷芳汀,波未平,不了情。问谁知,魂魄有情。平林归隐,南柯一梦醉花阴。烟尘袅,断肠也,枯树清清。

现场:
　　作者夜半入梦,在一阵白兰花的馨香吸引下,来到了烟波浩渺的江边。此时清风吹拂、杨柳飘荡,悠扬的琵琶曲声若有若无,江心之中,一叶小舟正在凌波而行。江风渐疾,原本平静的江面上也渐渐起了波澜。花开花落,春去秋来,都说世事无常,这碧水却可以载着花的余香长流。白兰馨香,引得作者在梦中又思念起往事,倘若是那共许生死的恋人陪伴左右,泛舟而行,又是怎样一番风景呢?夜晚的水面在灯火的映衬下波光粼粼,烟波往来的水面上,花瓣随着逝水流向远方,只有一株枯树,无语向黄昏。

白兰花·沐香

天地宽，浩然气。咏东坡诗，吟千年句。抚汉卿古琴曲，阅江山巍峨立。古今多少墨迹，卷卷藏寓意，碑刻春秋大义。

白兰梵语出尘去，灵秀造化慧能语。苍生众，苦难离。虔诚念菩提，淡淡化云聚。扶摇千万里，笑拈花一枝。

现场：
　　白兰花满园盛开之时香气浩荡，天下幽香皆不可比。即便时令不予，春夏远去，秋冬到来；即便百花命运相同，都要枯萎凋零，但是作者心中却始终记得幽幽馨香之中那醍醐灌顶般的顿悟。就如同梦中彩虹划空，倒映在水中，轻舟湖上泛，彩虹仿若就在船侧。白兰就这样在作者的世界中添了一丝悠悠禅意。作者希望来日苍生苦难都能因菩提善愿而清除。

物 华 ｜ 诗悟花木三百首

白兰·别情

阵阵秋风白兰馨,漫漫萦绕湿罗衾。别枝玉珏惬意赏,天涯与君话古今。柔情暗渡烟袅袅,浮云不系故人心。

尘埃不染立娉婷,暮色阑珊寂寞行。一任蛾眉群芳妒,独开晓风最怡情。雾散霾消碧空净,又是水秀并山青。

现场:

秋风宜人,作者徜徉在暖阳遍洒之地,白兰花的幽香阵阵,似从远远之处传来,又带着犹如玉珏一般的清澈温润气息。云雾已散,花海灿烂,这美好的景象也映衬了作者心中的温暖与欢喜之感。悠悠白兰香,带着几多柔情暗渡,给作者心中带来暖意融融的慰藉。尽管会有暮色降临,尘埃漫天,但晨风一来就能吹去人生中的寒雾和阴霾,只愿他日雨过天晴,离人也能再相聚,那时便可举杯同饮,共醉兰香。

白兰·莫愁

高风摧得花枝摇,落英萧萧情未了。苍苍忧及春已逝,深闺闻得幽韵渺。蜂蝶嘤咛舞碧霄,忍咽相思泪多少?劝君释怀惜花颜,无愁无怨相伴老。

现场:

    风急天高,白兰柔弱,在花枝之上微微颤抖,作者望向白兰花的目光之中凝注着多少不舍。忆及那春日里萌发的脆嫩新芽,碧绿晶亮,燕子在闺阁的檐下筑起了新巢,梳理着光亮的羽毛,好像在表达着对这一院春光的欣喜之情。那曾经蜂飞蝶舞之地,如今苍凉孤寂。作者心中那耿耿于怀的心结就在这白兰的幽香之中悄然释怀,更为这无愁无怨,可以相伴而老的美景欣慰不已。

白兰·花江

细雨洗净玉蕾香,扁舟一叶谁摇桨?千年白兰花偏瘦,瑶芳几度满潇湘。斑竹痕留湘妃泪,慢歌轻雨沾素裳。晓风拂面怡心神,离歌遥寄尽思乡。几时归林伊人旁,吟尽豪情一条江。

现场:

从前有一名男子,他少年离家谋生时带走了一株树苗,栽种在城市中自己住处附近。多年以来他为生计奔波劳累,始终没有机会回乡探亲。有时感到无限寂寥萦绕心头,他也会想起在故乡那位曾经与自己产生淡淡情愫的少女——也许她早已嫁为人妇,但她那纯真爽朗的音容笑貌,仍然真切地存留在他心底,成为他不为人知的安慰。男子见到那株自己栽下的树,就想到记忆里的少女:她会在撑船时放声歌唱,歌喉清亮爽朗;她也会采摘白兰花赠送给自己,那香气馥郁袭人令人眷恋……那纯真的情意有如江水绵长,悠悠荡漾。

物华

荷花集六十首

荷花·坚贞

翠盘含露，晓荷初展，恨嫁东风意绵绵。惹引蝶蜂误幽恬，红衣洒落馨香添。馀辉云低，数行雨点，惊扰佳人梦中闲，软媚嗔语喃喃言，素扇留香舞翩翩。

红浆碧波，画眉唱念，心心相映话无间。不为华丽，甘愿存质朴，盛阳炽热玉骨洁。神圣爱恋，情比金坚。尘埃落尽化成烟，凛然不失心无怨，孤贞亭立向永远。

现场：

这首词是作者笔下一个缠绵悱恻的爱情故事《荷香》当中的一幕，盛夏又临，熏微初露之中已是东风吹拂，冬日霜雪化为夏雨，惊扰了满湖的荷花。故事中的男女主人公一同荡舟荷湖，畅望美景，挥洒笔墨，好不酣畅。满湖翠盘如盖，两人相视一笑，一任芳香在碧江幽荡。不觉又是一日时光，夕阳余晖照在其间，别有空明意境。从晨光绚烂到月光朦胧，满塘荷花迷人，入夜的清风微凉，新嫁娶的佳偶也进入了梦乡。一切都若隐若现，别有一种朦胧之美。白日嘤咛飞绕的蜜蜂与蝴蝶此时也已进入了梦乡吧。爱情之中的男女，情深似海，只系一朵孤贞亭立的荷花，正是满塘的荷花，令作者悟出了人生的真谛，那就是人与人之间相处的那一份永恒的真情。

物 华 | 诗悟花木三百首
WUHUA SHIWU HUAMU 300 SHOU

荷花·夏风

荷花闹,夏风晓。云雀逍遥,秦淮歌已渺。绿裙逐雨玉露跳,彩蝶舞,谁比卿娇?兰舟摇,采莲悠悠起歌调。不为风雅俏,执手依依在怀抱。多少回眸,窈窕芙蓉腰。

天涯遥,红尘老。沧海淼淼,风雨伴君笑。一湖翠碧红颜娇,魂牵梦绕。战马鸣,剑出鞘,谁领天骄?为爱恨折腰。一曲颂歌荷花傲,遗香漫过桥。

现场:

这首词背后有个动人的故事,一名少女因家境败落流落到秦淮河上做了歌妓。在秦淮河上荷花盛放的日子里,她遇到了一个仗剑走天涯的男子,坠入了爱河。可是男子一去杳无音信,少女在相思中思及他们的欢聚写到离别,曾经执子依依在怀抱的甜蜜,如今只能怅望天涯,心忧红颜渐老。少女思念恋人,有说不尽的孤独悲苦,在盛夏的夜里,她倚着窗户,仿佛看到自己的恋人骑着战马,执剑出鞘的飒爽英姿。可是梦醒却见不到恋人,连头发也懒得梳了。只有窗前的盛放的荷花一直映着少女的面庞,那如花般的面容仍和以前一样,可梦中惊醒,和恋人重聚的美梦也随之断了,还能与谁牵手共赏那满塘幽香?

荷花·夏雨

　　夜浓荷塘月色清，香曲琴音凝。犹记绿水涟漪起，羞红芳心倾。千年独秀亭亭立，一缕幽烟唱俜伶。

　　夏雨连连唤荷醒，芙蓉玉影舒袖盈。旧年一醉闺房倚，风宜水润待黎明。君行千里沧海近，何日君归不远行。

现场：
　　已经入夜，作者却仍然想着黄昏时分荡舟湖中，看着碧绿的水在幽幽的湖中荡起阵阵涟漪的美景。一阵夏雨飘然而至，水中荷叶翠绿，荷花洁白，花蕊娇嫩。一阵清风吹过，被细雨打湿了翅膀的燕子也随风低低飞舞，作者在《荷香》的故事中，笔下那个如荷花一般美丽善良的女子独自徜徉于荷花湖之畔，此时已是傍晚，夕阳西下，暮色笼罩江畔，阳光中带着料峭春寒。她闻到冷冷花香，听见牧童吹笛，笛声苍茫，看见春燕鹭鸟飞过枝头，不由觉得孤单寂寞。她回到梅园小楼自己的闺阁之中，形单影只，不胜寂寞，凭窗而望，独自神伤，已是将近黎明时分，却不知何时才能盼到爱人归来。

物　华　｜　诗悟花木三百首
WUHUA SHIWU HUAMU 300 SHOU

荷花·晨曲

　　晓风从，荷花弄，横笛声声，惊醒知了虫。采莲婧女带香浓，翠团珠动，晨阳洒玉容。粉色重，秀入官，佳丽争宠。偶临芙蓉丛，鸦雀悄无声，且拨雾朦胧。

　　昨夜梦，灵犀通，化蝶飞跃荷塘东。莲蓬作帐花情种，更兼黄鸭欢唱颂。情义重，心亦同，万千粉黛，从一而终，唯独芙蓉。

现场：
　　晓风吹拂，经过昨夜一场细雨洗礼，澄澈的阳光如同薄纱罩在天地之间，也朦胧了双眼，西风吹过彩虹，美景如画。作者在咸嘉湖畔的赏荷亭内凭栏独望，耳畔听到声声采莲小舟摇桨之声，看见一朵荷花尤为红艳，就连飞近的幼鸦和雀鸟都安静了下来，不知这美丽的荷花来去何处。而舟上采莲的少女，也沐浴在透明而温暖的阳光之中，听着清脆的溪涧流水声，其乐陶陶。少女的心中，忽地又想起第一次和自己的恋人见面时的场景，那是在一艘渡船上，烟雨濛濛。一恍然又是很多年过去了。梦醒之后，面对空船，虽不免怅然，心中却仍是如同芙蓉一般，抱定了从一而终的坚定信心。

荷花·遐想

荷间少女解盘发，青丝牵离愁。野草地，露风雅，结伴赏莲花。摇起双桨山水画，白鹭成行，软语笑喳喳。相誓言，莫长大，缠绵看落霞。

夏夜虫鸣蛙声哑，繁星银河挂。皓月悬，水荡漾，斯人入梦匣。粉妆绿裙照青纱，琵琶弦断，秋水芙蓉煞。晨光绚，虹霓华，恋曲传佳话。

现场：

　　这首词写于一个夏夜，窗外夜色如水，芙蓉亭亭玉立。作者不禁忆起一个美丽的故事：从前一位画师和一个唱荷为生的歌女相恋了，不久画师要赴京上任，约定三年之后回来相见，并留下了一副古镜和一幅卷轴。画师走后，歌女打开了古镜，却发现镜中画着另一个女子，不禁想难道画师已移情别恋了吗？歌女心怀酸楚，终日以泪洗面。终于有一天，她不经意间在卷轴中发现暗藏玄机，打开后她看到了画师写给她的一句词："不恋弱水三千，情真只为芙蓉。"

物 华 | 诗悟花木三百首

荷花·重逢

一叶小舟江上游,与莲相邂逅。犹似千年相恨晚,一朝相见涕泪流。穷碧相挽,玉容依旧,难掩别样幽,更有芬芳透。

高墙柳下池塘口,草屋甘相守。泼墨飞针意相投,碧叶莲心笑语犹。执子之手,倾情等候,相依伴长久。

现场:

这首词是作者在《荷香》这个动人的爱情故事当中描绘的一幅美丽柔婉的画卷,故事中的一对相爱的男女终于重逢,如同采莲的英俊少年与最美的一朵莲花在湖上命中注定的邂逅。两人在荷花湖畔共筑爱巢,日日厮守,谁道好景不长,当荷花再度开满湖面,却已经听不到二人的欢声笑语,只有屋中清笛呜咽之音。情郎为了保家卫国奔赴前线,而少女因思念情郎而哀泣,令人为之悱恻。荷花湖边清风拂过,吹散了河面浓雾,蓦然间,少女好似见到自己的情郎正自一叶舟中走下,乘风而来。少女看见了他,四目相对,惊喜无限,一片红晕浮上玉颊。无奈梦醒,独坐窗前,神情恍惚,心想,真的是他吗?不知何日归来,方得相见?只剩下恒久的岁月,遥遥无边。

荷花·悟化

清水秀出荷花，南无观音菩萨。修心六根净，慈悲发。前尘往事浮华，出水芙蓉清雅。祈祷真善法，枯木发新芽。

看遍人间美丑，最美心中荷花。开悟待点化，披袈裟。六祖慧能坛话，菩提本来无瑕，何处惹尘沙，悲悯度天下。

现场：

这首词源自作者心中一个关于《荷香》的动人爱情故事。有一对青梅竹马的男女，男孩外出求学，机缘巧合却去了峨眉山出家为僧。女孩痴心苦等却换来一个爱侣出家的结局，她去山寺询问出家的男孩。男孩讲述了他求学的时候偶然与朋友去寺庙烧香，听见和尚在诵读《六祖坛经》，顿时将他带入了虚幻无欲的世界，从此他求取功名之心顿息，心中再无功名世俗。女孩听了他的一番话也有所开悟，就在寺庙对面的尼姑庵里出家。两人隔着峨眉山，共领佛旨，日日共对着佛堂前的一株莲花，再无相见。

荷花·善美

信步夕阳醉，池塘碧叶荷花会。洁净超然，玉言愧。短笛牧童归，琴音诉心碎。千古诗篇咏不尽，天生丽质，风雨不摧。

唤来暮云泪低垂，滴滴晶莹洗尘灰，风华最魅。且将得失看淡，放释大爱换大美。

现场：

　　作者漫步咸嘉湖畔，满湖荷静，犹如亘古以来便绽放着这样悠然静怡的美丽一般。幽香中，作者的一颗忧心也渐渐地平静了下来。湖畔牧童吹笛，呜呜咽咽很是苍茫，不知从何处传来阵阵古琴之音，更添惆怅，就如同作者笔下《荷香》中的动人情境一般。天暗了，暮云汇聚，下起了小雨，冷风凄然而过，吹得人心生寂寥。雨滴细细地汇聚在荷叶之上，晶莹剔透，如醍醐灌顶一般，让人顿悟——那么多的痛苦原来都是因为欲望太多吧，人生中有太多的时间都在忧愁中度过，而这些忧愁都来源于欲望，正是这些欲望，占用了太多的人生空间，夺走了太多的美好，只有心中空无，真、善、美与爱才能放飞啊。

荷花·正果

碧水清荷，东风送小舸，雅趣几何？婀娜婉若，天也来妒，迷雾罩临，朦胧江河。不见碧影，更莫道楚楚花朵。且问君心，常住淤塘，焉能不惑？

看似无瑕却有瑕，何必问对错？浮云过，红尘勘破，虽在污浊，一身清气不染着，洁身修正果。多少事，凭谁说？朝阳来，遣雾散，万千莲花座。

现场：
　　这首词源自作者儿时听到的一个动人故事，相传从前咸嘉湖上遍植万亩荷花，有一对青梅竹马、两小无猜的少男少女，男孩种荷，女子采莲。长大以后，女孩上了岳麓书院读书，男孩还在家里种荷花。每年放假，女孩都会回来看望男孩，但是第三年她却没有回来。男孩难忍寂寞，就前去岳麓书院找女孩。他进了书院之后，看见女孩和一个男生相谈甚欢，笑语晏晏。看来她找到了心上人吧，男孩心中酸楚无限，他没有说什么，也没有上去和她打招呼，而是默默地转身离开了。带着满心的伤感，男孩回到家乡，从此一心养育荷花。初恋确实最是苦涩，却或许是少年时最美好的一段感情吧，这份因荷而起的爱也滋养了满湖的荷花，在朝阳之下结出了累累硕果。

荷花·月下

　　月光浸莲，夜静娴，隐若鸳鸯牵。晚来风吹暮云掩，几处苍茫都不见。惟有近嗅，销魂香甜，更有酥手纤。叹稀世情缘，心月似婵娟。

　　银辉渐远，但恐寂寞怜，陪伴眷顾恋。待到荷花朵朵艳妍，斟一壶佳酿，抚琴倾歌，闻香飘百年。

现场：

　　又到七夕佳节，夏暑已散，幽夜如烟，诗人也来欣赏这淡静的夜色，暮云与晚荷、瘦月和银河相映成趣。静夜之中，月光仿佛也为莲花的温婉静娴而感动，一轮明月象征着古往今来的动人爱情，阴晴圆缺，既有美满与团圆，也难免离别和感伤。牛郎织女天河永隔，虽然每年的这天牛郎织女都能够在鹊桥相会，共话别离的相思之情，但终究是个浪漫却不够完满的故事。最后，诗人仿佛看到了天上的牛郎织女，一个捧出满盏桂花佳酿，一个抚琴轻声而歌，仿佛他们在默默注视着凡间的有情人，祝愿着天下有情人终得善果，能相依相伴，不负深情。

荷花·月圆

芙蓉娇姿数万千，暗香氤氲君醉先。情到浓处，江山惜怜。惨淡少颜，恋曲魂牵。锁人心弦，脉脉无眠。几缕袅烟，一方琴轩，盈盈水间。

悠悠流霞映西天，纵望眼，伊人戏孤莲。情到深处心亦燃。思念萧天，只留朱染，不留悔怨。亭亭比仙，映水影闲。待到良辰，花好月圆。

现场：

  月圆之夜，作者在荷塘边的酬酢宴飨刚刚结束，醉眼朦胧中望见满湖碧翠的荷叶与掩映下的红荷，在风中婀娜摇曳。清风追逐着袅袅青烟，让它的舞步在空中飘扬。然而作者笔锋一转，抬头望明月而念嫦娥的悲苦，想到她只能将万世千年的孤寂之泪空洒天河，在寂寞和无奈中看着凡人的离合悲欢落寞垂泪。追忆起往昔的美好时光，诉说着离别以来的人事变迁。不知不觉间太阳已经西沉，作者带着醉意挥别了天际的彩霞，等待明天崭新的太阳。心想只要等到夏风吹来的时候，如火焰般明艳的荷花便会谝地开放，云雀也会歌唱美好的时节，定是另番花好月圆的美景。

荷花·茶缘

　　荷花吐艳，亭亭清绝。仙子妙法倾身言，暮帘卷，澄空显。知了怨，念唱渐浅，布谷寻觅归远田。

　　春茶芽尖，睡花瓣芯蕾间。月光浸润，云朵儿微卷。晨曲喧，唤醒盛宴，煮水掂茶煎，一时清香溢，曼妙不可言。

现场：
　　作者在盛夏的旅途中，偶见一处万亩荷塘，亭亭清绝之态，令作者久久不愿离去，夜色渐临，更有风雅之士把茶叶寄放于自然生长的荷花之中，如沈复所言，夏月荷花初开时，晚含而晓放。若用小纱囊撮茶叶少许，置花心，次日清早取出，烹天泉水泡之，香韵尤绝。作者得此法，便把友人约至荷塘旁，生炉煮好水后，再现从荷花中取出前晚放于荷花中的"寄生"茶，当场冲泡，何等雅趣！

荷花·断肠

今宵又至荷花塘,水依旧,花无常。露微寒,一梦忽还乡,佳人在何方?纵使流光挽不住,面无尘,鬓无霜。

抚尽琴曲祈归阳,地沉沉,天茫茫。越重山,梦遥路更长,复失楼台上。与君共燃芙蓉香,袅袅去,哭断肠。

现场:

这首歌词描绘的是作者的一个梦境。梦中下着雨,雨是那么大,把湖中那一株株如同美人亭立的荷花都淋湿了,像美人褪去了铅华,露出了少时模样,那么清新、那么美丽。作者的胸中也像涌起了无数柔情,想起了曾经的故事,在荷塘边第一次相遇时,她那艳丽的脸颊、娇羞的神态。只是世事无常,她已渐行渐远,恨不能登上快船去找她,纵然遥遥万里也不惜。但是找遍了千山万水,经历了春雨冬雪,她仍然可望而不可即,只能点燃一支芙蓉香默默祝祷。看着一缕青烟袅袅升起,作者却再也忍不住眼中的泪滴、断肠而泣。

荷花·飘香

菱歌随风来，波荡漾，丝丝扣幽芳。谁倚木舟摇双桨，蝶影伴花，燕语临水唱。羞忆梦中牵情郎，穿行荷塘，缠绵水乡。

红花照绿杨，风裹裳，丽日也生凉。鲤鱼拨刺跃春江，鹊叫成双。一阵疏雨戏迷茫，荷泪轻淌，江河飘香。

现场：

在这首词中，作者描写了一个普通荷娘的日常生活，一个温婉美丽的采莲女的形象栩栩如生。熏风轻抚，阳光泻下，照得满湖荷花开得如此明艳，芳香溢满整个天地。岸上，荷娘的恋人，那个青年男子正凝望着花红似火的荷塘中穿行的采莲女，满目的柔情缠绵。风吹过遍植垂柳的水岸，燕子秀美可爱。这位摇橹的采莲女，她每天辛勤地摇船采莲，会用采莲赚到的钱去镇上买花布做几件花衣裳，有时还给她的阿爹打上一坛绍兴黄酒，让阿爹就着湖里的螃蟹喝酒。这样恬淡自然的生活就像这山川美景一样映照在作者的心田，幻化出这样诗意的笔触，仿佛整个江河之上都飘满了这样悠然的荷之幽香。

荷花·人瘦

昨夜池塘人独瘦,箫声断,荷花依旧。君影寻不见,诗断意难休。愧疚,愧疚,纵是酒醉添愁,任他清泪双流。

现场:
　　这首词缠绵婉转,写的是作者心中萦绕已久的关于荷花的凄美爱情故事,青梅竹马在岳麓山下一起成长的一对男女。两人一起读大学,一起毕业,但毕业后却各奔一方,无奈只得分手。后来女子来到咸嘉湖的万亩荷塘之畔,想起昔日两人在一起的情景,触景伤情。作者借酒醉后的落寞,表达女子内心的忧伤与怀念。

荷花·无月

　　无月看朦胧，懒扑流萤。秀荷点点红。天地本空，相思别样浓。曾似故乡梦，远天悬彩虹。

　　梵音越山重，古寺鸣钟。莲花颂无穷。江河涛涌，智者心愈平。慈悲破千难，无风也无晴。

现场：
　　词中描写的是无月的夏夜，晚风吹过池塘，水面起了阵阵波纹，荷花也随风摆动，花影也随之浓淡相依。残余的荷香唤起作者美好的回忆，愿东风吹来，散去这若隐若现的思乡情。就在这样一个无月之夜，作者读了观音得道的故事，因感念观音一心向佛，慈悲为怀，普度众生，为万民自出奔走的精神所以写下了这首词。

荷花·并蒂

孕育千年路，万里无云他乡故。菩提荷花孪生如，真切丹心度。十月怀胎苦，血脉亲情哺。为保江山世代红，母爱并蒂抚。

巾帼大丈夫，立志勤读书。行走江湖不觉苦，感恩孝父母。天下人间古，尊卑勿忘祖。抛却贪嗔亭立住，香溢千家户。

现场：
　　作者在这首词中以并蒂莲花来比喻从前的一对姐妹，两人在父母的百般呵护之下，一起长大，一同煮茶，一同弹琵琶，感情很深。后来，姐妹俩去长沙读书了，父母送她们登舟远行，约定学成之后再返家相见。五年之后，姐妹俩回到了君山，来到老宅子里，竟不知父亲早已身染重病，不治去世了。究竟还是没有等到再见父亲的最后一面，一个小小的分别，满以为还有相见之时，但是有时，却再也等不到相逢之际了，人生便是这般无常吧。只有老宅前面的一池荷花当中，那株自幼便年年开放的并蒂莲花还在亭亭玉立，清香溢满心房，让姐妹俩心中更添离愁。

荷花·遥寄

荷闻恋曲动心怡,几多真情溢。佳人静无语,欲把念想,抛给知音许。芬芳落入裙袖里,嗅入此香迷。难忘琴中曲,回望夏雨,已成遥寄。

天生清波濯翠绿,小舟迷细雨。相识凭际遇,情真无比,小楼空独倚。缠绵昨日已成今,唤不回缘起。唯留香来惜,夜夜梦离,泪流如洗。

现场:

这首词是作者在遥想《荷香》中的那对深爱的恋人送别时的场景而作,青年儿郎即将登舟远行,满湖的荷花仿佛都染上了别离的愁绪。年轻的恋人,只有将满腹的思念都化作湖中的一支红荷,仿佛托付给了一位知音。相送时两人依依不舍,却也只能把酒话别离。但作者在这里并没有一味渲染离愁别绪,而是隐含了"众里寻他千百度,蓦然回首,那人却在灯火阑珊处"的祈愿,就像眼前的这次别离,不会消磨掉那蓦然回首时款款的深情。

荷花·晨曲

　　昨夜相逢喜，恍似梦依依。满池荷花相思雨，寻觅无踪迹。但闻笑声溢，隐约晨雾里。邀汝相见却难见，路窄板桥低。

　　明知相思苦，偏要苦中迷。古今痴情从未已，朦胧成追忆。荷花挺秀颀，高洁傲晨曦。托付真心君伴行，相依月色西。

现场：
　　梦中的相逢令人欣喜，但是一切都如像梦一般，终有醒来的时候，作者只有将满腔的思念都寄予湖中沐浴着相思雨的荷花。不要说流水无情自己远去，这些感情之事又何须时常记挂于心，化作断肠之伤。残阳渐落到悬崖之底，长夜幽寂。枝生新绿，花开满湖又要等到什么时候呢？只等春风吹过，万物复苏，天上分外明亮的圆月与湖中倒映着的荷影交相辉映，清风吹拂带起阵阵涟漪，月华如霜，染得满湖淡然飘逸，宁静幽深。再回首才发现，只要有一颗诚心，必定能够一生相依。

荷花·幽香

荷花香，世间难得此幽芳。馨入泥土倾天放，唱尽人生百年想，心随绿波漾。夜幕降，月色泻银光。晚风绵绵思春江，醉入梦里可还乡，一路魂断肠。

碧水乡，风烛几度映幕墙。孤舟横橹笛声残，渺渺荷塘似汪洋，天地话苍凉。连心慌，悠悠诉愁伤。寄语今生莫相忘，折瓣芙蓉随冷香，扶柳把歌唱。

现场：

　　这首歌词是作者观荷海淼淼，有感而作。描绘的是月色如银光泻下，似汪洋一般的荷花塘那壮阔苍茫的景象，并且结合自己的想象，发自内心地赞美散发着阵阵幽香的荷花的美丽。长江的荷塘水，汇入江中，流入东海，那种壮阔和雄浑，赋予了这块荷塘边这块土地欣欣向荣之气。江风悠悠，吹拂着摇曳的荷花，那种馨香却仍然盖不住离别时的忧伤。那么多年生活在荷花之畔，深深的荷塘包含了自己太多的喜怒哀乐，太多的过往和回忆，沧海桑田，物是人非，唯一不变的是作者对荷花的爱。

荷花·月冷

冷月转雕梁,东风劲,吹落韵。轻烟淡云追冰轮。燕啭莺啼,琵琶奏曲,芙蓉花香近。暮色忽临银辉洒,凉风萧瑟催散锦,只留孤影伴瘦裙。莫怨天意,且数更声,夜阑月度人。

凭栏看晨昏,风雨疾,相思深,凝眉嗔怪君心狠。芙蕖情贞,岂管苦尘,望断山几重。辗转一生觅真意,爱有轮回几世魂。谁种因果谁点灯?闻香月冷,死生相守,浮沉是空门。

迷梦踏归途,缁尘重,苍凉深。纵使无语空凝噎,倾落斜阳,烛火焚尽,人生能几何?庭院痕深冥曲纷,枯塘残荷败枝阵,堤岸脚步匆匆行。古石桥问,更阑未睡,愁煞多少人?

现场:
  作者在月色冷寂的夜里,温酒暖回忆,遥想那些荷花斑斓绽放的氤氲香气,伴着几本书简而来的却是故人已逝的消息,静想远方的知己,魂何所依?窗外,一株荷花孤寂地依偎在荷塘的怀抱,翘望那即将沉落的残月,在深邃的天空中弹奏一首婉约的独白。满塘荷花消瘦的守候,竟然不知绽放的时刻是为谁?

荷花·雨纷

　　风残夜色雨纷纷，池塘里，荷花问。雨涴红尘，何故情深？君不见，翠叶枯，残香落，伤泪痕。

　　顾盼君归斜阳里，轻掩门，酒正温。万里孤云，无奈远行。风雨临，梦初醒，思君切，冷香沉。

现场：
　　夏雨纷纷，作者漫步到了荷园，别有一番美景在眼前。雨虽不大，但急密，如落下蝉翼般的轻纱。而荷园在这轻纱里，铺陈了诗一样的绿意。那如灵玉般的绿伞，掩着朵朵荷花幽现。于"大珠小珠落玉盘"的和弦里，跳出了"出淤泥而不染"的高洁自守，串起了"濯清涟而不妖"的绝世风韵。雨间听荷，荷间听雨，盈盈水色托起一片荷园，纤姿袅娜。有荷在雨，有雨在池，感受一份空灵，领悟生命的清纯。花叶摇曳生姿，雨珠跳荷不止。着实又叫人感受一回"初荷未聚尘"圣洁。那荷叶在雨中是翠绿的清新，任雨珠滚动与跳跃着，因雨顿生的楚楚之态，若隐若现，泛起诗情的涟漪。

荷花·香醉

风吹菡萏醉几多？凤眼逐波，眉弯藏琥珀。朱唇微启樱桃若，倚荷照影花羞涩，笑靥娇韵碧玉合。浅黛云鬓，娴淑静谧可。小憩稍寐凝销魂魄，盈盈欲滴仙子落。

现场：
　　夏日迟迟，作者目力所及之处的一切，却都美得如此繁华，无论是含苞欲放的菡萏，还是缓缓流淌的溪流，或者是倚荷照影的佳人，仿佛是一幅画卷，诉说着夏天的美丽。也只有在这样的满湖荷花之上，佳人与花朵，才这样的交相辉映，珠联璧合，才能演绎一曲动人的歌谣。作者在满目美景中，却依稀想起当日送别，故人独立客舟之上，笑靥灿烂如花，云鬓秀丽如丝，她挥手轻别，轻轻地拾起散落在满地的花瓣，抚摸着，忧伤迷人的美。扑面而来的花香，一缕缕，一丝丝，一阵阵的沁入作者的心房，落在作者的心坎。此刻，那仙子一般的佳人又在哪里？

荷花·梦秀

　　小舟荡悠悠，离别岁月愁。相依相偎，同心同手。总角梦回莲子洲，明月有，荷花秀。

　　旧年入故秋，空望涧水流。托鸿去报，问候留守。天地遥遥谁孤幽？拂空袖，梦难留。

现场：

　　清晨作者在荷湖之上荡起小舟，看着木桨荡起的悠悠涟漪如同时间缓缓流逝，作者的思绪也随荷花湖上的潮湿空气不断翕合着，似街前畦水成流，随风潋滟的波纹。柔柔地，柔柔地，水样的涟波流转在内心的每个角落，一切都朦胧而温馨，就连空气里也蓄满了绵长的抚摸。忽然间，恍惚有双精致且润泽的眸子在过往窗阑上凝望着梦样的年华；几多感慨、几多变故、几多无常，不敢捧起过往、相看故人，唯有心中的梦，绵绵不休。

荷花·荷海

临风观荷海,叹英雄。霸王别姬太匆匆,气贯长虹。生当作人杰,死亦鬼雄。苍凉天下泪痕浓,谁把情种?恨满胸,荡气魂终。

沧桑岁月同,英气冲。江山美人千秋颂,悲愤横空。唯有凄美重,懒顾鸡虫。血染斑斓翠亦红,羞煞媚骨。定思痛,至死不从。

现场:
  这首词是作者于万亩荷塘边,感荷风气势磅礴,念及力拔山河气盖世的西楚霸王,有所思而作。感叹风云变化,斗转星移。轻风吹起,荷塘水面之上,悠悠荡着一叶扁舟,船夫唱起淳朴渔歌。天色渐暗,霞光映入河面,天然自在之气充满胸臆。作者触景生情,想起了自西楚霸王而下无数"生当作人杰,死亦为鬼雄"的英雄人物,回肠荡气的英武气魄,而目下,无数小人横行,作者才发出了悲怆满胸的无尽慨叹。

物　华 ｜ 诗悟花木三百首
WUHUA SHIWU HUAMU 300 SHOU

荷花·香浓

　　翠竹疏影画幽空，涧水清流，荷花亭亭，绿裾风起，暮云卷来古寺钟。鹭鸟惊飞，一剪紫烟碧朦胧。

　　渔舟栈桥君相送，古琴悠然。锦花更红，娇柔粉落，雅失俊影苍白中。孤寂郊野，凤眼低垂泪盈容。

现场：

　　沥沥夏雨，雨珠也仿若扯不断的丝线般绵延且紊乱，作者凝眸于荷湖之上盛开的荷花，雨水的色泽有些似淡淡的茗烟，漫过荷花，楼台，渐渐便把湖上的荷花也涂抹成了朦胧的轮廓，扬起的水湄之色迷离了天地清晰的眸子。锦鸿飞起，晚钟传来，作者心中有些悠悠地慨叹，人和花一样，只有一个春天，只有一次花期，错过了，就不再会回来，一阵紧似一阵的淅沥雨声就这样携着缕缕莫名的惆怅萦绕在作者的心际挥之不去！

荷花·花国

　　登临观碧荷，如浪踏过。炊烟袅袅江山默。雾雨携红惊仙落，君莫再蹉跎。

　　沐得香芬澈，洁如翠托。桑田多少情话说。莲叶接成一梦天，梦醒荷花国。

现场：
　　入夏的熏风暖意催开了满湖的荷花，作者登临高处，远远俯望，漫漫一湖的粉红，犹如瑶池不小心跌落的胭脂，晕染了整座山。作者顺山路蜿蜒而上，翠黛满眼、鸟鸣呖呖，耳边隐隐听到流水的声音，呼吸着清甜的空气，作者信步沿着小坡往下走，雨雾中一条小溪涓涓而过，溪水清亮透彻，凭空为人徒添几分俏媚，鬓间袖底都是幽幽的花香。醉在荷花深处，欢喜，满足，像是驻足于荷花国中，却也莫名地伴着一点如花美眷，逝水流年的惆怅、忧伤。

荷花·花仙

盛夏时节春芳歇,荷花池水独生妍。日暖风清香益远,水映翠裳诗千篇。亭亭玉立,花容朱颜,几度流云卷?几番醉颜,洒落心中甜。

小舟轻随琵琶牵,伊人荡舟添娇艳。荷花人面总随愿,愁煞鸳鸯腼腆。鱼儿沉潜,知了声咽,叹惜难为田,滋养再鲜,难比人间仙。

现场:

作者在盛夏时节不辞溽暑,漫步荷花园,只见满湖荷花争奇斗艳,令人目不暇接,慢慢品读,不知不觉已陶醉其中。若是一阵阵雨之后,荷雾薄笼,碧瓦晶莹,带雨含泪,脉脉含情,更兼柔风含香。佳人远来,自具一种清新、婉丽的韵味,十分惹人喜爱。作者寥寥几笔,一幅含香欲滴的画面便展现在读者面前,荷香浓郁,灵感忽生,置身其间,任是谁都会敞开胸襟,尽情欢歌。蜂儿采花酿蜜,鱼儿拥钩觅食,鸳鸯相拥而眠,使人舒心惬意,欢欣不已。

荷花·残香

离别荷塘远，怀念已默然。花红虽素雅，最长九十天，残香见。

寂寞不惹嫌，思春在花田。甜美不堪折，花尽叶自怜，展笑颜。

盛夏梦桑田，秋凉喜开轩。留得真情在，过境心不迁，待月圆。

现场：
又是夏日，作者望着窗外炽烈的阳光，不禁怀想起童年时岳麓山脚下那一湾盛放的荷花塘，那记忆中一派生机盎然的美景让作者恍然发现原来，自己已经离乡多年，可是望见眼前盛放的荷花，作者不禁又生荷花虽妍，却也有花期之限的感慨。但是，何必多虑呢？此时正是润润的夏雨洗过，明媚的阳光暖暖地照着脸庞，小鸟儿在后山上欢快的叫唤着：起床了，起床了。鲜红的太阳挂在屋前的山头上，放眼望去，整个村庄都在荷花的香气之中微笑起来了，只要真情仍在，便可不惧变迁。

荷花·渔鼓

香水路,荷花湖,采莲舟中唱渔鼓。柳岸古桥仙子出,展袖舞,芙蓉花亭探幽度。

千年故,相识初,阿郎敲起丰收鼓。伊人恋赏霓裳舞,荷花雾,朦胧之中千万株。

烟雨幕,雨润酥,古琴抚出翠华步。兰棹轻举娇声数,豆蔻熟,绿裙挂满琥珀露。

现场:

夏日的气息临近,作者赏荷吟诗,仿佛走入自己笔下那个名曰《荷香》的爱情故事之中,故事中也是丝绦拂堤,夏色满园的季节。千株碧荷,兰馨蕙草和那万物如酥的景象,陪伴着故事中的男女主人公动人的爱情故事,只是不知道那那远走的离人,曾经年少的轻狂,浪漫和真挚,会不会被愈来愈多的深沉所代替?少女在荷塘边忽然有一种时间与岁月的紧迫感,如潮汐般一浪一浪地打在心头。但是那寂寞的惆怅,心灵的孤寂总会在这夏日荷花的牵引下忘记一切,就如同那远走的离人,远飞的候鸟,在这夏日暖阳当中,也被唤起了归乡的情思,盼望着早日回乡,去见那正当豆蔻年华的恋人呢。

荷花·心梦

　　翠裙佳人，沐浴盛恩。羞低眉，笑靥情深。谁惹清风，顾盼流芬。俊秀轻盈，莞尔韵，绝代佳人。

　　西风夜凛，冻瘦碧根。落粉痕，颜碎玉沉。愁容萧瑟，荒凉谁忍？垂问苍天，谁教的，久别成恨。

现场：
　　这是作者的小说《荷香》当中，女主人公刘荷香在追忆过往故人时内心所奏出的一曲人生悲歌。曾经的雨、月、荷等等构成了浓重的哀伤低徊、凄迷朦胧的情调氛围，对照如今的西风夜凛，她想在梦中与故人心杰一会，怎奈身影翩然，却终究不能相见，忍不住心中悲叹：为何苍天如此心狠？唯有一池残荷，才知道荷香怀念故人的悲怆情感。就算是书写出一篇珠圆玉润、精丽典雅的诗歌，却也无法寄给梦中之人，让心杰了解荷香的心中思念啊。

荷花·睡莲

洞庭水,美娇莲,沉吟处,弦音绵。莫道光阴短,长夜漫无边,年年花相似,岁岁为谁怜?莲下鸳鸯戏,桥上愁如烟。

泥中生,濯清涟,浮萍意,睡千年。即若容颜改,情贞永不变。亭亭隔水望,幽幽盼君还。抛却相思苦,如约至花间。

现场:
　　作者在此词中再现了《荷香》这个动人爱情故事中,男女主人公因荷而恋,在莲花娇美的姿容之前,许下山盟海誓的情形。荷花幽香令人心有感悟,仿佛参禅悟道,才得到心中的安宁,犹如琼浆滋养心灵,生命的苍凉偶然间为情感所滋润,但是一个安静的生命终归舍得丢下尘世间一切。因为心甘情愿,所以淡泊。而故事中的男女也正如莲花一般,他们无意去抵制尘世间的枯燥与贫乏,只是想静享内心的蓬勃与丰富。即便是因为世事变迁而分离,只要是怀着一颗虔诚而美好的心灵,就定能再相见。

荷花·玉洁

望江野，百花谢，平湖满，芳心洁。明月照，芊芊送别。隐隐笛音牵梦觉，眼前暮烟花似血。红尘绝，无水无色。

现场：

　　作者在这首词中描绘的是《荷香》中的一个绝美的场景，男主人公孙心杰自幼尤善丹青，两人在韩家湖畔依偎之时，心杰便想着为心上人画了一幅肖像画。画中青山翠柳与满湖的红荷掩映之下，一个美人望着天际的云卷云舒，她的柳眉如远山，脸上涂着淡淡的胭脂，神态娇媚无限。心杰画了这幅画之后，身负保家卫国的使命踏上了留洋的旅途，只能天天看着画中的美人，寄托浓浓的相思。而画中的美人依旧默默地等待着心杰归来。红尘之中，风雨沧桑后，虽然画面渐渐模糊褪色，只有美人唇上的一抹朱砂仍然鲜艳美丽，如同幽香濯清的荷花，秀美风姿，不减当年之色。

荷花·秋雨

耐得酷暑赏清欢，难抵秋雨泣寒蝉。瘦叶黄，落花叹，秋日短。群雁归南，故人凭栏。古琴为谁把悲弹？荒芜境，愁难堪。

素月分辉江心晚，扁舟一叶如墨染。尘嚣漫，痴心攀，轻聚散。栈桥琵琶，悠然舞展。荷尽未必话凄凉，佛前香，了无憾。

现场：
  这首词是作者一首对荷花的赞歌与恋歌。荷花虽耐得住酷暑，给世间一份清新，却难抵秋雨凄寒。无论身在烦嚣尘世，还是隐没在古刹，世人须怀着一颗悠然之心，才能淡然面对花开花落、聚散离合。而那蹲坐在云窟里的慈祥的大佛，敦煌壁画里衣袂飘起的飞天，一棵虬枝盘旋的古树，两片拱土而出的新芽，方才懂得无欲的人生是安静的。不管风雨如何摧残，荷花供奉于满天神佛之前，平和、宁静、恬淡、洁净、不沾染一尘世俗，于是便如沉香袅袅，香入云天，呈现给这个世界最美的姿态。

荷花·秋残

　　秋风吹落芙蓉，寒雨浸染罗衫。秋虫懒，愁云淡。泪滴轻弹，华颜已残，满目斑斑。韶华短，曲且慢，谁来惜挽？

　　难耐清秋离别，小舟摇曳水寒。芙蓉懒，思绵缠。邂逅荷洲，月圆花娟，长河漫漫。羡鸳鸯，生死伴，缘何苦短？

现场：
　　时已近秋日，荷花残落，惨淡的情景令人掬泪，作者心中却在此追忆与盛夏荷花正盛时的一段往昔，一番情意。当日的荷花盛放，眉眼之间净是点点清辉。光彩神韵，耀人眼目，作者提笔想以这淡淡的墨香，纪念这岁月悠悠，也许，美好只属于短暂，人事匆匆，人海茫茫，挥手拜别繁华，踏上彼岸，从此天各一方，任由时间，去细疗那一纸的情殇。而作者，还在彼岸的街口，静静地等候，等候故人的归来，等候明年花开，刻画故人的名字。千般牵挂，滑动在这细弱的笔尖，深深地记下，对故人旧事的深深思念。故事往昔，恍若一梦，而今与故人的重逢只能梦中相见，梦醒时，叹只叹物是人非，沧桑变迁。

荷花·梦醒

晨曲惊梦，荷远香近。痴情付流水，诗魂幻亦真。不怕无人怜，抛送赤诚心。荷塘昔日情，共伊舞轻盈。手持素瑶琴，吟唱柳荷汀。

现场：

  夜风徐徐，作者在湖畔静静观看月下荷塘的美景，想起清晨的一阵细雨把湖边寸草滋润得更加鲜绿，荷叶上的雨滴也落入池中。这时突然闻到莲花扑鼻的香气，想到莲花高洁不染，如白玉般的花朵更是美丽。作者在迷茫的夜色中悟到了禅理，就是一定要让善念善事像流水一样而来，六根清净，要像佛祖那样包容万物，又不介怀小事，心空天地。

荷花·释情

远来清香沁人心,遥看荷海孤舟影。月下花红翠裙落,朵朵绝代知世情。

落霞红残花飘零,谁挥五弦入玄冥?苍天为何独伤伶,堪叹人间无怜悯。

现场:
　　作者是爱花、懂花、惜花之人,尤其喜爱莲花,莲花是佛教之花,是花中君子,作者对莲的纯洁无瑕赞美备至,这种孤清不群、遗世独立,但仍馥郁芬芳、颇具神韵的形象,正是作者非常偏爱而用以自诩的写照。然而,四时有序,再美的荷花也挡不住凋零。曾经一夏的安静守候,如今只有苍凉的身影斜靠荷池,看惨淡的月光羞涩地俯在窗棂前,守候着远方美丽欣然的牵挂。

荷花·狂雨

无奈雨骤风堪伤,水淹塘,荷花残。翠裙残妆玉衫暗。试问苍天何此狂?哀泪淌,痛断肠。

焚香探究因果茫,谁冤枉?任凄凉。罔顾天良,虽是无心亦为过,惹恼千夫痛指丧。报其果,有何妨。

禅家六祖学问上,方为方,梁是梁。善心根长,永不弃念想。慈悲为怀天下祥。遇天殃,救扶伤。

虔诚爱心燃胸膛,化悲痛,施援强。惜怜花芳,真情感上苍。待到来年花兴旺,朵朵漾,阵阵香。

现场:

  雨下不止,本就压抑凄冷,望见满池的荷花在风卷雨狂之中,翠裙凋零,更是令人痛惜。此时引动作者心事,更觉悲凉不限。夕阳不知何处,铅云压顶,说不出的压抑。风吹进窗,摇曳了残烛,火苗晃动,烛泪滴下。不知不觉天色已经很晚了,风雨之中作者不禁感慨,这世上为何有如此多罔顾天良的恶人呢。西风敲打着窗下的门,如同敲打在心上,不胜寂寞。夜间独酌,作者想起当时送别之时荷花盛放的情景,不觉伤感,世间唯有慈悲才是真啊。看着镜中人白发如雪,作者心中纵有万语,都付诸一叹。

荷花·缠绵

窗外雨潺潺,孤影未成眠,痴心难耐泪痕残。梦里不觉绕花间,把盏听云雀。

谁人惜红颜?彩袖捧玉砚,行书空笺思无边。离别暮剪白发添,步姗忧路远。

晨曦照清泉,溪流空载怨,慢展素笺了无言。唯留墨香忆缠绵,琵琶欲断弦。

往事入晓轩,坐看云舒卷,回眸不信已千年。苍凉天地是人间,何日旧梦圆?

现场:
  这首词是作者感怀之作,静听帘外的潺潺雨声,不知湖中的荷花又凝注了多少如泪水一般晶莹的雨滴。四季一晃而过,数红尘沧桑里,这亭亭静立的荷花又见惯了多少哀愁和幽思呢?弹指而过的漫漫人生中,又有多少痴情与等待呢?打开佛卷,轻诵梵经,长夜一人度过,青灯古佛前,只为苦苦参悟那些至理,只为渡过那无底的深渊。夜寒了,一件薄衣难挡寂寞。明知痴情原是无常物,却因此夜夜无眠,长相忆,静相思。但愿烦恼消除,心田澄净,只有在那个时候才能像绽放的荷花一样,得以情圆吧。

荷花·怜香

咏荷陶醉悟禅文,清莲出水独向晨。不枝不蔓自结邻,香远都作采莲人。

六道三涂如转轮,几度沧桑入红尘。挥洒新墨绘芳芬,此间寻得怜香人。

现场:

  这首诗写的是夜晚寒潮来袭,荷花飘零在大风中的景象。诗歌的颔联两句,写荷花虽然被狂风骤雨摧残而凋谢,凄苦伤情,但花的幽香还淡然飘在空中。表达了作者对世间一切凄苦弱小的怜惜,同时,作者也寄望与以"禅"代表的精神力量能够保护这些"柔弱"能够得到护佑,得到永生。莲花不仅是高洁的人格象征,也隐含了佛教的许多传说,这首诗以莲花作为拟人化的表现对象,将花与风雨所做的斗争隐喻人生的磨难,使得全诗读来禅意无穷。

荷花·端午

　　大夫正气浩浩然，汨罗潭。满江冤，忠魂淹，死生荣辱担。追忆千年未释然，波涛澜。天下百姓共敬挽，侠义传。

　　人生坎坷路漫漫，求索难。芙蕖高洁濯泥滩，质无染。一心只为江山，忠肝胆。香粽投江龙舟观，九歌还。

现场：
　　这首词是作者在端午佳节缅怀屈原，有感而作。作者乘着摇橹船在湖中，看着碧绿的水在幽幽的湖中荡起阵阵涟漪，只是遥远的楚地汉水，却也没有了屈原昔日的伟岸身影，没有了昔时的烽烟战火。屈原早已逝去，如今人们包粽子、赛龙舟来纪念他，祈愿江山永固、九歌回响。

物　华 ｜ 诗悟花木三百首
WUHUA SHIWU HUAMU 300 SHOU

荷花·红霞

微云红霞，满池荷花，冰玉骨托绿袈裟。风轻若透，阵阵香溢洒。雨打叶盘珠滑，多少笔墨，可堪书写风华？红妆点，娇颜待字闺中嫁。

朱泪天涯，销魂染香，不意中尽惹泥沙。凉夏佳话，月移流光下。映雪不见微瑕，听秋风飒。斑斓处，谁惜残花？吟声哑，轮回飞转，来年归谁家？

现场：
　　这首词是作者在听了天心阁孙伯讲述的一个关于荷花的缠绵悱恻的爱情故事之后，一直无法释怀，有感而作。斯人已逝，作者听完故事，走下天心阁，已是傍晚时分，天空清澈，寥寥几朵白云映上了霞光，景色美妙。走到池塘边，看着满池的荷花，花枝翠嫩，像是披上了绿色的袈裟，显得端庄清雅。倏地下雨了，清风透过，荷香四溢，雨点打在宽大的荷叶上，如同珍珠落入玉盘，发出清脆而充满节奏感的滴滴声，雨花四溅，这是欢快美妙的场景啊。不知道这些花何时凋谢呢，到时候，又有谁怜花葬花呢？花死了之后，花魂将往何处呢，而那些逝去的爱情，又在哪里呢？

荷花·斗艳

　　阁东荷花初斗艳，红日错，香愈远。渔舟笑语落满田。艳阳暑风，绿裙幽帘，籽盘竟甘甜。

　　纤手摘得胖睡莲，悠悠唱，似飞仙。千年沉酣泥潭间。一朝怒放，清秀涟涟，谁敢更争妍？

现场：
　　这首词是作者感怀之作，写于长沙名胜天心阁。作者幼年曾见天心阁下的护城河内遍植莲花，经过一夏的盛放，艳阳暑风下，没有一种花可以比得过荷花了。作者端坐在风光迤逦的荷塘小桥上，看舟影悠悠而过，浪花朵朵，远处亮起点点灯光，原来是采莲的姑娘点起的光亮，等待着自己的心上人打鱼归来。水面上凉风习习，迎面吹拂，一旁的小楼里，透出温暖的柔情，这样美好恬淡的生活气息，深夜里也能让人梦中闻到馨香。作者把采莲生活点滴记录，化作一幅打动人心的卷轴画。

荷花·荷香

翠盘含新蕾，玉洁文秀甘独醉。晨阳沐池美，清风拂过花仙睡。隐隐晚雷追，细雨酿出荷花魅。问人间谁悔？不识蓬裙珍珠水。

秋来莫徘徊，叶黄塘枯神形颓。任凭寒冻摧，为留腹子泥中委。但凭冬雪贵，来年再借花为媒。游子客船归，烛红睡莲梦一回。

现场：
　　暑风吹过，正是夏日里荷花托出蓓蕾，静待绽放的美好时节。作者心知，在这样的时节里，倘若不能赏品荷花，简直是对这美好人间的辜负。澄阳初露，正是花仙施展魔法的一刻，荷花魅妍之姿虽令人难忘，但作者亦深深知道，一旦秋风吹散愁云，深冬天地冰封，荷塘便是一派肃杀之气。月下小楼，孤影独梦，忍看春夏秋冬？谁人话萧索，只是夜寒寂寞人不寐。记得当时月下执手共叙情话，笑语嫣嫣，含情脉脉。相聚苦短，千言万语惟化作一叹而已，心念夏天必将再次来到，到时客船归舟，共赏盛荷，也是美事。

荷花·梦宁

莲在梦中盼夏临，暖风吹近，翠盘荷花新。古琴仙子茶痴吟，白鹭雀喜忘情心。

待到月色洒落时，凝香芳韵，阵阵醉意沉。沧桑不过弹指瞬，此刻尽享魂安宁。

现场：
　　这首词是作者描绘梦境之作。时值盛夏，作者出游时恰逢落雨，原野一片濛濛茫然之色，唯有一片大湖之上，星星点点的荷花，隐约有如火红的花瓣展开。临到夜晚，晚风吹拂，吹落了树叶，吹走了温暖，只剩憔悴还留在脸上。青石台阶斑斑点点，是雨点，还是露水，还是泪痕呢？什么时候她能回到身边呢，寄相思于冰心一片，不知她可曾收到。就算是天崩地裂，沧海桑田，只要能在一起，那些苦楚又算得了什么呢？一念及此，心中便像这一湖的荷花一样，淡然而静怡了下来。

荷花·仙子

　　昨夜雨润荷花池，风轻云淡映红日。一身绿裙衬粉衫，亭立花海胜仙子。婀娜多姿洁白质，素持蝉衣谁笑痴？羡煞人间欲穷词，誉盛天下香满世。

现场：

　　此词是作者在寺中参禅时的一首体悟之作。熹微初露，沥沥夏雨滋润着寺内池中的荷花。寺内僧人却早已起身，迎着窗棂外初升的朝阳与晨风，斟了一杯清茶，打开佛经，静心持诵。忽然一阵熏风轻送，原来已是远处一轮初升的太阳在云雾绕缠下透出一缕光亮，阳光炽热，送来了满池荷花带着泥土的芬芳。僧人持诵完毕，步出僧房，俯瞰山下众生，江畔又有几多人群聚拢，在为此生祈福，而寺内那香誉满世的荷花幽香，仿佛穿透时空，无穷无尽。

荷花·晴空

夏雨初停,晴空净如碧。倩女小憩倚青石,咸嘉湖中荷花密,映日无穷绿。

风起微澜,红莲楚楚立。竹排浮水沿江下,载不尽相思意,问君何日是归期?

现场:
　　作者讲述的是在咸嘉湖畔,一对青梅竹马、一同成长的神仙眷侣生活中的一个故事。他们喜欢驾舟探秘,在山间煮茶,骑竹马,又在湘江中游水放排,充满水畔生活的情趣。咸嘉湖的万亩荷塘,记取了两人作画、畅游的无数笑语,两岸景色飞速掠过,空中苍鹰盘旋飞快,已然到了江流中,捕鱼声传彻,天地间飘荡。少年情侣虽然似懂非懂,但是在寺中那一池荷花之畔,心境却升华到了一种别样的境界。

物 华　诗悟花木三百首

荷花·香酣

　　中秋月满，暮色深沉染。风吹天撼，云消雾散。一束银光谁相伴？吴刚桂花玉兔姗。难忘却，夏荷香酣。有谁惜？山外孤盏，知音参禅。

　　夏风暖暄暄，秋雨意寒寒。夜凉凄叹，声软意懒。碧海一片待荷燃。倘若有心怜，暗香半，如故如幻。胸怀坦，大气凛然，祈说非凡。

现场：

　　时已至秋，听人说秋天的残荷至美，一派冲淡自然之气。山下是一间间的农舍，翠竹修挺，但是初秋的寒气渐渐逼近，芙蓉已经没有往日的娇艳了。走在溪涧小道上，看着风吹过，将落叶残花卷起，流水花去之景大概是秋天特有的景色吧。天渐渐地黑了，月亮出来了，月光照在浓密的桂树枝叶上，满树桂香令作者思念起盛夏时那满塘荷花的幽香，袅袅缠缠而沁入心魄的暗香，仿佛是有形可触一般令人迷醉。

荷花·云烟

　　天上银河淡，皓月圆。寂寞嫦娥，独舞何怨？忽闻笙歌声声咽，新人寻找故友远。人世间，恨海情天，逢场作戏真心掩。到白首，空对衰颜。猛回头，悔无言。

　　忆少年，风云之巅。揽江山，如痴呈献，义胆齐轩。四目相对动心弦，一颗心虔。那纯洁，如荷花妍，若是梦境幻醉言。谁曾料，美好如云烟，抓不着，喜无边。

现场：
　　这首词是当时作者听天心阁孙伯讲述其父母年轻时的爱情故事有感所作。爱情当中的两人的相聚和分离原来是那么无常，感情又是那么的脆弱，经不起命运的一点点捉弄。当日送君登船远去，总说相思太苦，爱情太遥远，不知何年何月复相见。渐渐地，没了音讯，缘分也断。春来东去，剪不断的相思埋在心里，看着狂风吹彻，仿佛把仅有的温存与缠绵都吹走了。数十年的岁月，数十年的等待，只愿此生变作一滴清澈的眼泪，永远停留在眼眶之中，待来生再千山万水寻觅，即便是这个寻觅的过程也玄妙不可尽言，令人欢喜无边啊。

荷花·窈窕

楚雄石峰荷塘下，水色凝山碧无瑕。山巅翠岚映斜阳，秋菊满园栅上花。曾几何时，梦影成他。邻山遥闻歌音佳，河湾几道，古城步学涯。书声朗，正气华。

已忘饥寒苦何怕，顿知人间真与假，孝为天法。暮色苍茫月如华，昔时学子今掌家。江山锦绣美如霞，满腔情，一生心血洒。烛灯下，慈悲答。

现场：
　　这首词是作者在寺庙修行体悟之作，也是寄赠友人之作。寺庙里静悄悄的，没有尘世的杂音，没有汽车声，没有喧闹声，正如作者的友人一般淡泊名利。寺庙中只有宁静，亘古不变的宁静。寺庙里的经幡动了还是没动，这已经不重要了，只要心没有动，它也就不会动了。在寺内的荷花池畔，作者思及友人的幼时往事，慈母的脸庞浮现眼前，一片深情难忘。人生走过了几十年，多少沧桑过往，多少烟雨去留，喝着禅茶，听着禅音，一切都像泡影一般随风散去了。静静地看着西下的夕阳，心中不是寂寞，也不是寂静，而是空明，呼吸着荷花的气息，灵魂深深地皈依在佛理中，一切都是如此平淡，如此静谧。

荷花·泪流

秋风凄凄秋雨泣，梦醒神伤泪眼迷。任他绝情流水去，何须牵肠费心机。

残阳西斜落崖底，长夜寂寂无声息。待到枝绿花开时，东风送君香万里。

现场：

　　这首词描绘的是作者在其小说《荷香》当中为倾诉男主人公对恋人梦中的思念而作。男子与恋人分别已久，但是思念难抑，梦见恋人回来，醒来以后却倍感痛苦，思念不已。窗外已是秋意渐浓，细雨如绵，新绿残红都被雨洗净。雨后飞虹落地，倦鸟啼鸣，暮色动人。男子只盼此刻妻子也能归来共赏美景。只可惜离人车马急，早已匆匆远去。人们都说人生如梦，一切都是浮华幻影，万事皆空，但为何这梦也让人觉得疼呢？那是因为梦也沾染了作者的思念，泄露出潜意识里的真情，唯有在此盼着春风又度，送君归来。

物 华 | 诗悟花木三百首
WUHUA SHIWU HUAMU 300 SHOU

荷花·翠珠

　　鹊鸟欢鸣报晨早,盈盈漫步青石道。高高柳树梢,玉盘影渐消。天尚早,时光好,读书切莫待年老。

　　风吹碧叶翠珠摇,蜜蜂引得荷花笑。嫩玉清香近,粉面眼眉娇。谁醉了,忆年少,几时再逍遥?

现场:
　　这首词写在初夏时节,喜鹊啼鸣似乎在告诉世人新的清晨又来了。作者漫步在青石铺就的小路上。路边柳树成荫,枝上绿虫也翘着角在享受美丽的早晨。一阵风吹过,荷叶上被映衬成绿色的露水滑落池中。仿佛是蜜蜂在给荷花抓痒,弄得它们花枝乱颤。荷花洁白像美人的玉肌,她粉面红唇,眉眼中有说不出的娇美。是谁被这美景迷醉,仿佛一下子回到了少年时代。什么时候才能像那时一样优游自得,安闲自在呢?

荷花·晚亭

　　东风吹过，空待流云，寂寞荷塘伴晚亭。池中散落点点萍，鱼儿逐浪行。

　　扁舟一叶，采莲轻吟，燕子捎来君郎情。暑去秋来喜日近，红烛双双明。

现场：
　　作者观云，看见雨雾缭绕，东风过去，天空只有片云空留，似仙人在其中。作者的思绪不禁飘向远方，神思仿佛已经离开了肉体，乘着小舟在水上观看云景。雨后荷花娇艳，夕阳藏在远远的天际之上，只洒下几束晚霞。景色悠然高远，让人沉醉其间。作者观九天上的飞云流转，忽而有风吹过，又变成长长的丝带状，**重重叠叠**，变化万千。云朵映着柔美的荷花，像天空中的飞鸟捎来的消息，年少时的感情，终能等到洞房花烛的甜蜜。

荷花·翠盘

碧水翠盘爱幽静，邻家荷妆秀与亭。垂钓几尾鲫鱼青，笛声方落清香临。

知了鸣，彩蝶停，桨上晨露画波行。隔江音韵风吹近，忽忆黛玉葬花吟。

现场：

　　清晨阳光沐浴池水，满池的荷叶犹如翠绿的盘子，一阵清风拂过荷花，犹如仙子的睡姿令人心动不已。红日当空，禅香悬浮。渔舟划来，钓竿收起，几尾青色鲫鱼应声而起，逗引得岸边孩童的笑声落满整个荷花田，骄阳似火，莲花荷叶像裙帘一样挡在河边。莲子的果实粒粒饱满，食之甘甜。采荷少女伸出芊芊玉手，摘得一颗，唱起采莲曲。歌中赞美荷花出淤泥而不染的高贵品格，只是不知为何，歌者的心中却忽然咏起了黛玉的那首绝唱《葬花吟》。

荷花·暮色

　　暮色渐沉天渐凉，袭袭晚风送荷香。月桥溪畔倚幽篁，银光洒落古琴扬。蜻蜓徜徉鸟清唱，疏竹轻摇绿影长。石榴红透窗外廊，流萤声声醉家乡。

现场：

　　作者用一幅暮色隐去天气渐凉，一阵晚风荷花飘香的晚景开篇，勾勒出月桥与竹床，小桥流水人家，细柳拂风外加星月交辉的自然美景，仿若烘托一个荷花仙子的形象，花仙伴着翠鸟的鸣唱与蜻蜓的徜徉出现，淡淡月影更衬托着荷花仙子的娉婷姿态。夜阑人静，冷月无声，唯有展一纸相思笺，书写心事，望着湿冷的空街，一盏孤灯在瑟瑟的夜色中摇曳生辉，已写好的一纸相思笺字，笔下却是一幅盛夏荷香万里，梦回家乡的美景。

荷花·夜光

池畔促织唱梦想，远行故友别楚梁。几杯浊酒邀挚友，夏雨洗去淡淡伤。暮鼓声中空怅望，披衣无聊探夜光。挥墨写尽蹉跎事，捎颗流星归故乡。

现场：

　　正是盛夏时分，暖阳经天，荷花湖畔，蛐蛐鸣唱，生机盎然。送别的离人斟了几杯浊酒，却被韩家湖上突如其来的一阵细雨打湿了衣衫，也打湿手中的杯酒。荷花间雾气蒸腾氤氲，如薄纱一样附在花丛中，一朵新莲显得娇羞无限，这不正是荷香自幼喜欢的花吗？孙心杰睹物伤情，惹到相思处，不由黯然神伤，泪流满面。此身孑孑，好比孤雁，形单影只，只有托付远逝的流星捎去自己对恋人的思念。

荷花·凌波

　　夏月荷湖几里长？暮阳袅烟清风扬。小舟划过翠鸟翔，几只青燕翦云妆。莫道仙娥叹玉娘，粉黛不施胜红妆。凌波轻踏涟漪上，鸳鸯戏弄藕花香。

现场：
　　作者留恋世间如仙境一般的景色，美丽的荷塘，令人心情愉悦，消除烦恼与杂尘，让人感到心旷神怡。清冽山泉滋润下，芙蓉盛开，暮云茫茫晚风吹送着阵阵荷香。几只青燕捎带着季节的消息，就像翩然来到人间的仙子，凝聚着人世间所有的美。荷塘的藕花之间鸳鸯成双成对，那种天长地久的动人状态，在天地大美之间，有谁能够不为之陶醉呢？

物　华　｜　诗悟花木三百首

荷花·墨幽

枫至秋，踏残红如朽，霜寒凉初透。曲道古木秀，声声琵琶友，别意悠悠。月色云影，春藤缠柳，难忘江中游。举杯将进酒，祈天叩，莫回首。

展丝绣，挥墨点荷幽，问君何所求？白露秋分时，相辞念离忧，怆然泪流。待到春花笑，谁叹途久，情断否？来世长相守。任汝红尘留，盼归愁，风雨骤。

现场：
　　初秋的夜晚，满地纷落的枫叶残红未歇，突如其来的一场阵雨又带来了一丝凉意。不知是谁幽幽地抚出一支古琴曲，哀怨如诉，作者在曲声中思绪如潮涌。在这个雨落霜寒，日近黄昏的时刻，远方的伊人是否仍在窗外安坐，一针一线地刺出一幅绣屏，屏上正是点点墨荷，迎着秋风秋雨傲立。听着窗外鹊鸟的几声哀鸣，却见残花也被打落入泥，作者不禁触景伤情，黯然泪下。谁说孤独寂寞值得怜爱呢？摇橹船还在小河港中，等待着离人的归期。可最终它却载着恋人越行越远了。只有把那梦中与恋人同住的小屋放在自己的心中，想象着一起度过风风雨雨的日子，期盼归期。

荷花集六十首

荷花·禅歌

弥勒菩萨，笑看世间客。菩提达摩，人间沧海千千过。寻踪问廊，争游竞百舸。花灯初上，古琴幽指，禅歌逐波。

两岸肃穆，回望灯火阁，玄奘挥墨，菩萨般若荷花茁。亭立洛河，凭栏观无索。一缕清香，风卷絮朵，幽香如昨。

现场：

  这首词写的是作者醉卧楚峰石下的荷塘边时所做的一个梦境。梦中轻雷阵阵，阵阵熏风送来满塘荷花幽香，而一个年轻的出家人正走在满塘荷花之畔，出家之前的那些难忘的往事一一涌上心头。年轻时送别爱侣，是什么原因分离的呢，他记不得了，他只知道她走了，再也没有回来。为了消解心中情思之苦，他出家了，将一颗心完全地奉献给了佛法。他在无人的荒野上走着，荒野广袤，似是无边的苦海，只有阵阵古琴的天籁之音引领着他；他走到岸边，踏上了一艘小船，驾船而去，去赴自己剪烛火，祭袈裟的青灯古佛的禅修生涯。不多时，天际一片孤帆只留下隐约的残影，凭栏遥望，再也无处索解。他是解脱了吗，还是踏上了另一个思绪呢，何时才能完全摆脱苦海呢？何时才能静下一颗禅心，静静观望风卷几朵荷花轻摇的禅意无边？

荷花·佛国

梦里揽月观荷,一湾好水玉帛。影秀尔雅娇娆若,纤手弄琴,静待相思客。

花丛泥沙雨茁,香飘暖蕊芬落。相同怜爱且相和,生生息息,莲花送佛国。

现场:

作者以荷花的高洁遗世纪念缅怀玄奘法师。玄奘西出阳关,在佛的感召下去西天取经。那些佛的教诲,那些写满真理的经典就在万里之外的天竺,玄奘走过沙漠瀚海,穿过高山沼泽,多少风沙都不能阻止他的脚步,多少凶险都不能蒙蔽他向佛之心。他每天每刻口中诵经,看着苍茫辽阔的原野,忍受着大自然最恶劣的环境。这是一种修行,他对自己说。有人说他痴,为了这几卷经书翻山越岭,险葬身于虎狼之口,他只是笑笑,就算千万匍匐,纵然换得那一刻的感悟也是值得的。他的心好比是一株菩提莲花,又像是一盏明灯,照亮了一个又一个漆黑的夜晚,慢慢的,他翻过了一座又一座山,渐渐地接近了心中的佛国。

物华

紫薇集十六首

紫薇花·芳华

朵朵朦胧抱束花，重重紫云片片霞。八月暗燃花千树，蜂蝶已倦过秋夏。容华婉约玉无瑕，画宇楼台会风雅。吟出杜牧才子调，牵挂芳心琴音诧。为有知己策骏马，日奔八百向天涯。风轻月高紫数斗，满园沁芬和君话。

现场：

作者徜徉在太阳湖的一湾碧水之畔，遥望太阳湖大花园中累累重重盛放的紫薇花，为西边天空的晚霞掩映着，别有一番动人心扉的美好。蜂蝶飞过，暮色降临下的花园中只有作者孤身赏花，踽踽独行之间不禁想起了同学少年之时，与最好的朋友们毕业前分别的情形。那时候校园之中也是开满了紫薇花，大家并肩赏花，吟诗作画，那年少轻狂时挥洒的才华，一派天真烂漫无忧无虑的景象，只怕古时候的大作者们都要侧目。想到那时的美好，不禁激起了作者心中的思念。思念着故人和故乡，遥忆当时分离时长亭惜别，愁云如漫。只愿他日雨过天晴，离人也能再相聚，那时便可举杯同饮，共话当时。

物 华 | 诗悟花木三百首
WUHUA SHIWU HUAMU 300 SHOU

紫薇花·佳话

窗前窈窕紫薇花,疏影扶摇隐枝桠。凤凰娇娆披锦霞,玉面含芳月笼纱。香风沉星夜琵琶,一湾逝水到天涯。缤纷满园徐徐下,馀香倾心留佳话。

现场:

　　紫薇盛开的时节,赏花的女孩不顾秋风瑟瑟,悄立在紫薇树前,赏玩着疏影扶摇的紫薇花。兴许是看了太久、闻了太久,她的发丝和衣襟上也浸透了紫薇花的香气。她呆呆地看了太久,已经是彩霞漫天的时候,重重的紫薇花掩映着万道霞光,仿佛一只身披锦绣的凤凰落在她的身旁,而她的心却已经飘向了遥远的天涯。追逐着山溪,追逐着逝水,寻寻觅觅一个熟悉的身影。那是去远方赶考的恋人,说好了要在花开放前回来,可是紫薇花早已吐露芬芳,游子却迟迟未归,女孩的心里荡起了阵阵的惆怅。

紫薇花·晨梦

朗朗花云彤,晨曲情意浓。隐于芬芳下,沐于馨香中。佳人抹薇红,半边润苍穹。知是谁心痛?相思泪无穷。

现场:
窗外盛开的紫薇花的阵阵馨香透过窗纱传来,仿佛整世界都沐浴在这样的芬芳之中。窗外的远天仿佛也被映上了紫薇花的色彩,令作者想起了少年时候的往事。时光荏苒,那曾经的佳人如今身在何处呢?曾经被牵动丝丝心痛,曾经的少年激昂转化成了如今的心境如水,只愿往昔的真情长存,能够感动天地,让未来的航程更加平顺,心态更加平静。

紫薇花·古琴

蒙蒙雾浸，古琴声引，一路山高紫薇馨。淡淡粉团伊人欣，清风吹过幽芳沁。

江波怒吟，淹没峻岭，恰如蛟龙闹天庭。耳中唯闻孤雁鸣，几度红尘方醉醒？

现场：

　　这是一个作者梦境中的故事，云雾弥漫之间，作者被一曲幽寂的古琴声曲牵引着，依稀看见一对神仙眷侣同涉仙界，畅游九天。原来那是高山上的仙子爱慕凡间的书生，在仙界看着书生的一言一行不禁芳心暗许，化作紫薇花时时刻刻陪伴在书生身旁，仿佛每一朵花都像是仙子的双眸，目光流转之间流露出浓浓的情谊。为了这份情，仙子终于抛下了仙界的束缚，即便是江波怒吟，淹没峻岭，仙子仍然执著地投身人间来寻找心目中的挚爱。只是她没有想到，天上一日人间已三年。书生早已在她思念笃深的时候衔恨而终了。

紫薇花·摘星

秋夏,鲜妍,紫薇花。天幕下,直上攀高崖,举手摘星觅情话。借问是谁,伊人在天涯?

天地,昏暗,孤盏挂。满枝桠,东风送妆嫁,几声泪落千句罢。何必执念,寂寞夕阳斜。

现场:
　　夏末秋初,作者望着满目鲜妍绽放的紫薇花浮想联翩。想问这花到底为谁而开,但是问花花不语,仿佛是一个俏丽的丫头在装傻一般,花谢后也不留一点痕迹,连声音也没有,只留下让人欢悦的芬芳。倒引来蜜蜂的追逐,娇羞得脸也红了,像是醉了一般。蝴蝶在风中飞舞,它们不像蜜蜂要采集花蜜,蝴蝶只是在嬉戏帮助花儿传粉,在他们翩翩戏舞的映照下,只见晚霞慢慢地落下了。云雀飞去,黄鸭也睡着了。夜幕下一切都祥和静美,银色的月光照下,它们也仿佛披上了光华,无比美丽。

紫薇花·佛塔

一园紫薇秋花，多少香梦芳华。遥望茫茫天涯，坐观妍妍落霞。轻吹一曲胡笳，夜晚来伴月牙。喃喃吟声渐哑，寂寂心音清嘉。意境深窥宇法，禅语暗藏幽诧。归红尘去袈裟，焚欲念无虚话。虔真送给千家，痴念遗忘抛撒。冥想境思无瑕，一颗心向佛塔。

现场：

这首词写的是秋夜一阵晚寒来袭，满树紫薇被濛濛小雨洗过，落花像是点点晚霞从空中缓缓飘落的情景。这让作者心中蓦地念及点点禅意，寄望于以"禅"代表的精神力量能够让这些"柔弱"得到护佑，得到永生。紫薇花虽是被恋人遗忘抛洒，却让作者在冥想中悟到了空无的境界才是人生最终的追求。作品以紫薇花作为拟人化的表现对象，将花与风雨所做的斗争隐喻人生的磨难，使得全诗读来禅意无穷。

紫薇花·红尘

　　原野清随，满树紫薇，恰似蓝天开云蕊。浅香蝶舞蜂酿醉，一溪泉水，奔流逐汇。

　　回望谁追？才俊蜜闺，滚滚红尘风吹累。等候千年盼君回，迟迟未归，一颗心碎。

现场：
　　作者在清风吹拂的太阳湖大花园中闲步，忽然闻到幽幽的香气，远望过去，看见满树紫薇花开，在蓝天之下掩映，仿佛是天空中探出了一朵巨大的花蕊。蜂蝶飞舞，正是紫薇盛极的时节，就算有点点落瓣，碧绿的水却仍载着残余的幽香四处流淌。作者感叹花落留香，蝴蝶情深，不禁想到这世上有那么多美好的感情，却无法长相厮守，离去的人，何日才能回归呢？

物　华 ｜ 诗悟花木三百首

WUHUA SHIWU HUAMU 300 SHOU

紫薇花·秋愁

　　天高紫花顶上秋，淡淡抹香愁。倚栏忧伤为情瘦，暮风吹落，楚楚幽泪流。

　　粉蝶舞蕊倦回首，念想缠绵忧。如若放手何时迕？执子相守，黑夜亦永昼。

现场：

　　秋风四起，高天之上，落雨无休，一丛盛放的紫薇花旁边，一个女孩正举着伞，不知道在盼望着什么？伞虽然很大，却遮不住脸上的泪水，女孩满身的愁绪，染得一树紫薇都沾染了淡淡的愁怨。她凄惶地走在拥挤的街上，苦苦寻觅，举目四顾，当年执子之手共许承诺的那个人在哪里呢？当年他说会回来的，但现在却杳无音信。倚着阑干，望着一丛盛开的紫薇花却无从诉说自己满腔的缠绵念想，哪里有他的影子呢？她满心愁苦，心中只有一个念头，若是当时握紧他的手呢？

紫薇花·黑夜

黑夜难辩谁持守？一声哀叹天亦忧。远行雁儿双飞去，紧锁黛眉黄花瘦。粉罗玉帕纤纤手，红颜早逝万事休。问君何事秋上愁？凉风吹处痛心头。

现场：
词中写夜幕降临，一树紫薇被黑暗笼罩，作者发出一声哀叹，不知这漫漫长夜何时才能过去，能再一睹紫薇花的芳容。初阳新升，作者漫步在花园中的青石道上，远飞的大雁已经在向温暖的南方飞去，而离人呢？眉头紧锁，日渐消瘦，看远处的山峦似乎也含着悲意。那些美好的回忆却无法忘怀，那些留在记忆中的晨光中的花朵，那样的娇美像有薄纱在上，渗透出幽幽的美，只可惜一阵风吹过，花谢花飞，玉肌消殒，作者不禁感叹世事的无常，像阵阵秋风吹上心头，痛苦难抑。

物　华 ｜ 诗悟花木三百首

紫薇花·千年

　　冷暖交于秋，紫薇花更幽。夜色静怡悄然秀，一轮晓月照水流，绵绵总不休。

　　岁月去人愁，徒留双空手。寂寞小楼烛火透，别有沧桑千年守，一眸复难收。

现场：
　　这首词描写的是秋凉忽至，暑热仿佛忽地一扫而空，正是在这样冷暖交替的时候，紫薇花显得愈加幽然。夜色中，作者在紫薇花的阵阵幽香中抬头望见一轮明月，忆及往日与恋人一起小楼厮守，谈笑欢言的景象。恋人的心像是不在意，却又欢喜，她的情感如温柔的水波，如梦一样美妙，让人沉醉其间却不知道情也会消。人生本如梦，我们却不应醉心于梦，相信一切会很完美。美好与情义都是短暂的，唯有空和飘渺才是永恒的，万物皆空，一切如梦幻泡影，本不必执念不忘。可作者还是希望这情谊能长久相存，不要转瞬即逝，化为渺茫之云。

紫薇花·红颜

　　紫薇花下红颜泪，日夜撕心盼君归。岁月无情花易落，山水同声风又催。杳杳无音暮云西，迢迢流水天涯醉。一行黑雁南飞去，何日梦醒复相随？

现场：
　　这首词是作者感于和友人在紫薇花下别离而有作。作者送友人远去，不知为何，原本开得茂盛的紫薇花忽然也凋谢了几朵，作者只能独自举杯痛饮，怀念往昔而不禁泪流。远望千里，又回过头来寻觅故人的踪影，可见作者对友人恋恋不舍，情深义重。诗中写到回忆往昔的景象，与友人一起观山赏水，一起诵读古文，激起了豪侠之气。可弹指间离别已在眼前，风雨交加，正如作者的心情。作者的声声叹息，句句不舍，似乎把暮云也染得忧愁，像是皱起了眉头。一行黑雁远飞，伴着作者洒下的惜别泪水，是否日后只能在梦中相见了呢？

紫薇花·白露

又到紫花方亭处，萧萧落木，涓涓细流出。回首天涯行役苦，孤心尽熬悲白露。

放不下，许多愁，一日分秋，知了送曲瘦。离魂难聚牵素手，冷雨可知恋人忧？

现场：

暑去秋来，紫薇花开放的亭台之畔，已是落木萧萧，花落枝枯，化为青烟，却无人怜惜。此情此景，击中作者心扉，正如人生在世，知音难求。若有相知相识的好友相伴，便不会再有悲戚和泪水。只可惜即使是有友人来劝慰，也是如梦中低语，不解人意，难中要害。檀香幽幽，寺庙寂寂，难以化解往来香客的许多忧愁。等到自己的心胸也恰似天空地广，万里晴空之时，又哪会怕这些许烦忧？人生在世，有知己自然是幸运的，但是就算没有知音也不该为此烦忧，天高地广，何必挂心于世俗之事。不如放开心胸，把一切看得淡一些。

紫薇花·舍得

　　山崖深谷雁戏俗，相伴齐翔惊花舞。晨曲朝霞耀天宇，鸿云途远，暮色残阳度。

　　月圆瑶琴已作古，斯声哑哑味别驻。莫问何事叹苦楚？且看卿容，一去未归塾。

现场：
　　这首词是作者描绘梦境之作。一丛紫薇花，从山崖之上一直开到了深谷之中，几只大雁就在紫薇花畔飞舞嬉戏，从晨霞满天一直到暮色残阳的时候。夕阳斜下，天空上仿佛都被映上了斑斑驳驳的紫薇花影，但是在作者看来，却难掩凄凉之气。天黑了，晚风吹过，花枝摇摆，作者相思情深，就算是再多的苍凉苦楚都独自忍受。月光照在身上，地上只留下一个孤单的影子，一个小小的分别，满以为还有相见之时，但是有时，却再也等不到相逢之际了，人生便是这般无常吧。

紫薇花·花祭

　　风凉秋雨急,百花吹落玉颜失。紫薇花朵密,层层垒垒傲云立。淡看苍穹激,不畏寒风耐霜洗。骨质存坚毅,心气不衰谁能敌?千年经洗礼,恋苦情坚志不移。犹自泪成溪,沧桑阅尽云崖低。

　　开不败花季,写不尽悲伤恋曲。睡不醒梦忆,谁知何年再 相遇?剪不断情意,忘不了白雪纯一。如若存灵犀,伊心早随彩凤去。愿在天国里,清风明月兼得之。唯望月楼西,化做紫薇著花衣。

现场:

　　这首词是作者纪念上海永安百货公司创办人郭标的四小姐郭婉莹而作。郭婉莹女士在上海的风雨中生活了多半个世纪,用她的美丽与倔强写下了传奇的人生。一位女性的传奇往事已经化作云烟,当年的绝代佳人已是安静度过余生的普通女性。至于曾经所受的遭际,她嘴里只字不提。在她看来,这不过是自己的一次人生,但是却勾起作者无尽的感怀,人生中总有冷风凄然而过的时候,难免吹得人心生寂寥。她的生命像是一叶孤舟,经历过太多世事,看尽了人世繁华,仿佛忽然听到了禅歌响彻,如醍醐灌顶一般,让人顿悟。

紫薇花·苦恋

相视尽在不言中，紫薇花心幽怨重。小楼窗外绿倚红。晚霞一道情，夜色蒙蒙送。

痴情不倦分离痛，泪湿青衫沾绣绒。一叶浮萍盼相逢。遥寄相思鸿，愁绪秋雨浓。

现场：

小楼窗外，一树紫薇花正开得美丽，可是在满心愁绪的作者心中，却像是开满了重重的幽怨。作者为了排遣心中愁绪，走出了小楼，走在残月之下，远方的天空最后一点霞光也渐渐隐没了，举目都是暮色四合下的离愁，清风萧索，一派苍茫景象。抬头望着月亮，想起嫦娥玉兔的传说，看着一轮残月，不禁感叹阴晴圆缺，想起人世间聚散无常，时光流逝，多少人离别之后再无相聚之时，不禁黯然神伤。此时，只得回到小楼之中，临窗写下几封书简，却无从寄出，心中慨叹，人世间，毕竟聚难别易，有太多的伤感。

紫薇花·惜花

爱怜生于娇美初，多少璧人，情老花枯。唯有痴情惜花度，露脚斜飞湿玉兔。

如若容颜春常在，几番蝶舞，几多变故。可怜伊人岁月苦，至死不悔真情驻。

现场：

  这首词是写秋风中的紫薇花，就像多少正当年华的佳人一般，娇美的容颜却抵不住秋风的摧残。秋风弄起了紫薇花，有些花朵在秋风秋雨中纷纷落下，唯有那些仿佛痴心的恋人一般的花朵还傲立枝头，一缕芳魂久久不愿逝去。秋天的风本来是没那么冷的，却常常伴随着人世间的诸多变故，紫薇花虽然受到寒风的摧残，但是作者却寄予一丝希望，盼紫薇花能够坚强，明年还要努力开放，而且要开得香飘万里。

物华

菊花集十八首

菊花·秋意

　　风携雨,天涯离,问君今日往何地?百花园,醒不记,幻梦直到渊明溪。晨曲起,燕飞低,黄花故人忆。

　　白云稀,候鸟去,辞别缠绵难分离。轻唱曲,横吹笛,行道迟迟蹉跎际。江湖上,红尘里,几时归家期?

现场:
　　风雨之夕,作者与故友相隔天涯,曾与故友同赏的满园百花,如今也已只剩下渊明东篱之下傲立的秋菊。恍惚间,又见相送时,作者与故友在明月秋风里把酒话别离。但作者并没有一味渲染离愁别绪,而是话锋一转,想象着两人重聚的场面。时空的流动转化衬托出了作者送别的深情,"几时归家期"的祈愿,就像眼前的这次别离,不会消磨掉那蓦然回首时款款情深。

菊花·秋绪

愁绪染凉天地秋,魂梦飘摇谁共忆?千年堪羡竹篱菊,悠然青山见菩提。凡心何日悟禅机,尘世虔诚盼皈依。高洁真纯问何在?秋霜更有冰雪滴。

现场:

　　作者为秋日心绪沾染,在清冷的阳光中,感受秋的脚步正携着寒风一起卷来,空灵的山寺间,暮色悄然而至,有鼓声响起。他轻闻到燃烧的紫檀凝聚幽香,为之感动。佛经云,释迦牟尼成佛之时,大地震动,诸天神齐赞,释迦牟尼已成就菩提道果,遂开始传教收徒,传授他所证悟的宇宙真谛。作者只盼自己可以早日开悟,重拾人最本初的高洁与真纯。

菊花·秋祀

　　天下经纬理明细，秋分寒暑定清晰。白菊瓣瓣绕蕊齐，圆塔层层蝶蜂戏。馨香新溢满竹篱，采菊常被秋雨迷。南山翘首盼归期，谁煮清茶武陵溪？古来圣贤皆寂寞，桃花源远知音稀。后世心意亦曾许，无奈红尘多沉溺。何时陶君再扶犁，不为五斗为心怡。

现场：
　　四季轮回如常，天下经纬分明，秋高气爽的时节，虽然只是对着朵朵傲霜白菊，作者却也多了几分磅礴的感受。遥想当年采菊东篱的陶渊明，翘望南山，水清流缓，景色宜人。古来圣贤皆寂寞，何须为了风雨飘摇而忧愁。这时秋色正浓，情志正兴，泛舟游于桃花源内，无比自在。只是眼前这万丈红尘却不似桃花源那般逍遥，只盼自己何时能够如陶君一样，在自然的怀抱任意遨游，悠闲自在的归隐，让心灵在耕田劳作之中获得宁静的小憩。

菊花·天涯

天凉秋气肃,风起青萍处。红尘如一梦,释然辛苦悟。一首阳关曲,双泪也空负。新菊忆故人,天涯归何处。

现场:

　　这首诗是作者送别友人时有感而作。作者与故人分别后,感叹秋风寒凉,秋雨如泣。但红尘万丈之中,一切都如梦一般,终有醒来的时候,所以无须伤心泪流。不要说流水无情远去,只需唱一首阳关古曲,潇洒作别,这些感情之事又何须时常记挂于心,化作断肠之伤。残阳渐落到悬崖之底,长夜幽寂。唯有寒菊枝生新绿,只是不知花开满庭又要等到什么时候呢?只等春风吹过,万物复苏,自有花香送离人天涯万里。

菊花·天凉

　　千丝万蕾着素妆，金风送得天然香。山间苍茫溪水长，一帆孤舟知何方。

　　旧年观菊竹篱廊，琴声阵阵舞霓裳。又是一年秋风起，不见君郎叹天凉。

现场：
　　这首哀婉之作出自作者一个梦境。作者在秋夜里依稀梦见一位书生，居于高山流水之侧，每日泛舟赏菊为乐。一日忽涉仙界，畅游九天，偶遇仙子。为了找到仙子的踪迹，书生驾着一叶木舟，不停寻觅。殊不知，仙子也爱慕凡间的书生，在仙界看着书生的一言一行不禁芳心暗许。只是一双璧人还未相聚，书生却早已在她思念笃深的时候衔恨而终了，唯有一阵秋风，像是一声长叹，为这不见君郎的故事掬一捧同情之泪。

菊花·清纯

秋来霜正浓，采菊故人约。素颜经风雨，浩然有气节。譬如火凤凰，重生成超越。茫茫望白露，真情颂豪杰。

现场：
　　作者秋日赏菊，碧翠青天之下，菊花经风雨侵袭后依然灿烂绽放，一种油然而生的豪情，令作者想到历史上无数英雄豪杰。想当年，因一腔豪情壮志空付的悲愤之情，却只能在空无一人的旷野里暗自抒发。眼前傲立的菊花亦有一身的浩然之气，无所欲、无所畏，正如作者心中向往的宏大之气。只愿浩然正气照亮人间，到那时世间便不会再有不平和忧愁，作者为此呼唤"真情颂豪杰"。

菊花·煮茶

碧水隐山岚，清风亭内茶一碗。煮沸玉泉独自欢，一园秋菊盏，清香满溪岸。

心醉千杯少，夕阳洒落霜色染。手托花瓣仔细看，孤赏意阑珊，不觉天色晚。

现场：
　　深秋时节，花木凋谢。一场寒冷的秋霜过后，那满窗的菊花一丛丛、一片片娇嫩地从残败花儿的枝蔓中傲立而出，沉静繁复地一层层舒开，舒开在暮秋的微风里。作者于小园之中，煮茶赏菊。作者的心境也由阴转晴，因为深秋时节的那一股子哀怨情调，全都被一朵朵菊花的出现给洗褪了。千姿百态、芬芳馥郁，清高雅致的秋菊挺立、连缀成一个花团锦簇的世界，仿佛霓裳羽衣舞翩翩的仙女散落人间。若无这一株株菊花的装点，秋天会不会就真的让人感觉是一片死寂沉沉的呢？

菊花·青燕

　　昨夜寒雨洗轻尘，初阳奏晨曲。小楼庭园秋色里，遍地是金菊。

　　虎猫戏，狮犬急，凤蝶喜，登高远寄。青燕剪云去，逍遥无际。

现场：
　　正是一场秋雨洗去积尘，初阳升起时，更兼朋友来访，作者兴之所至，与友人同登小楼，共赏园中绮丽秋色，相逢的喜悦，令这满园秋色中更加赏心悦目。风追逐着报喜的秋菊，虎猫，狮犬，凤蝶，与友人共享这番美景怎么不叫人心花怒放。作者与久未谋面的朋友追忆起往昔的美好时光，诉说着离别以来的人事变迁。一只青燕在云天之上，仿佛一双尾巴剪开了一朵云彩，给作者抑或是读者都带来了无尽的快乐之感。

菊花·朝露

秋菊绽放香迷离，缠绵扑朔，彩蝶双飞去。香炉紫烟袅袅起，朝露欲共清泪滴。

南行翠鸟别依依，吟唱一曲，思念留心底。旧时情义莫相负，且待花开再共忆。

现场：
　　夏暑已散，幽夜如烟，秋菊绽放着令人迷醉的香气，逗引着彩蝶翩翩来去。作者也在这寒露浸润的清晨来欣赏这份恬淡景致，香炉中袅袅青烟与晨露相映成趣。一行高飞的鸟儿又要离开此地寻找过冬的温暖，这离分的鸟儿，对作者来说，就像是古往今来的动人爱情，都充满着离别和感伤，只有将思念留在心底，共话别离的相思之情，这也不失缠绵悱恻的情谊。那一朵朵绽放的秋菊，如同一双双秀眼，在默默注视着凡间的有情人，祝愿着天下有情人终得善果，不负情深。

菊花·知音

　　霜降秋菊傲然立,夕阳西沉暮云淡。独有娇柔千丝攒,风流转。几曲清歌落天半?

　　寂寞红尘离别恨,人隔千里花香伴。西北浮云飞南雁,知音唤,把酒黄花待君看。

现场:
　　赏菊的女孩不顾寒风瑟瑟,悄立在菊花前,欣赏着傲然独立的秋菊。兴许是看了太久、闻了太久,她的发丝和衣襟上也浸透了菊花的香气。那芬芳气息追逐着南飞的大雁,飘荡在红尘俗世之中,仿佛在寻寻觅觅一个熟悉的身影。那是远方的恋人,说好了要在菊花开放前回来,可是菊花早已吐露芬芳,游子却迟迟未归。女孩的心里荡起了阵阵的惆怅,却也不乏对重逢的渴望与欣喜。

菊花·斜阳

秋风田野,夕阳斜,残血染霜天。落木萧索菊花寒,离人孤对江河月。忆旧时,山亭水榭,花影摇曳。惜今夜,空空如也,惟留枯竹节。

现场:

　　梦境迷茫,雨声惊梦,作者梦回时,雨声又增孤寒寂寞之情。想起梦里的闺中女子,在一片秋风暮阳的田野中,不知在独自守候着谁?女子执笔书写,一纸娟娟小楷,如行云流动,又投笔手拢鬓发,身边却空空如也。夫婿为了求取功名利禄、荣华富贵而远走他乡,使得妻子在无尽的等待与无边的愁闷中生出怨恨之情。菊花盛开之时,满眼尽是成双成对的赏花人,而自己身边却无人陪伴,女子不禁心中喟叹,待何时才能盼得君归?

菊花·星夜

　　晚秋十月,残阳红如血。寂寂山野,疏钟几停歇。一轮银辉泻,闲坐岩菊间,怡然自得听云雀。

　　清风漫游天地间,山水相隔心相连。灵犀一点关山远,共写相思寄星夜。

现场:

　　晚秋十月,如血残阳褪去,一弯疏月悄悄挂上了天空,山野像沉默的巨人,唯有不时的一阵寒风吹来,吹动了寺院内佛塔之上的铜铃,发出阵阵悠扬的梵音,和着寺内众僧的梵唱,仿佛草木也在唱和着,天上的云雀都在侧耳倾听。虽然相隔两地,有情人却仿佛可以魂梦同游,翱翔畅游星夜,忘却了所有凡俗恼恨。

菊花·残香

秋雨潇潇天微凉，鸿雁南飞去成行。尺素相问应无恙？西园花开并花黄。

今夕拨云邀明月，把酒痛饮情义长。一湖碧水浮残香，福祉绵延得安康。

现场：

秋雨潇潇，鸿雁南飞，秋风吹开了菊花，满园开放。秋菊在夜色如水中荡漾，摇摇曳曳，跳脱中又不失沉稳。古琴声随着菊花被风吹远，馨香悦耳，令人心旷神怡。一湖碧水残香荡漾，虽然此情此景甚是美丽，可作者还是想到另一层深意，随着时间推移，风雨一来，花就落败，令人遗恨。红尘中万物皆是如此，唯有怀着一颗平常心，默默祈愿世间大众皆得福祉绵延。

菊花·秋别

　　轻雷隐隐风雨急,薄蝉难挡秋寒气。辗转不眠夜,冷月霜天寂,瘦溪追琴音。如相遇,离情别忆。

　　静默禅修悟偈语,谁勘玄机?茫茫云际孤帆起,一生求真沧海济。

现场:

　　微熹初露,隐隐的清雷从天边传来,惊得林间秋蝉,似是风雨将至。寺内僧人早已起身,迎着窗棂外初升的朝阳与晨风,斟了一杯清茶,打开佛经,静心持诵。远处一轮初升的太阳在云雾绕缠下透出一缕光亮,照耀着寺院后面一丛丛已经开放的菊花。僧人持诵完毕,步出僧房,回味着方才读经中的禅宗偈语,万种思绪,究竟有谁能够勘破其中玄机?寺院中早课的钟声悠悠传来,僧人回到院内大殿之上,只见住持师傅一领袈裟迎风,如同茫茫天际之间升起的一叶白帆,穿透时空,无穷无尽。

菊花·白露

昨夜白露起,天凉秋滋味。幽菊沁谁醉?濛濛烟雨迷。但闻木琴声,遥知倩女归。

松风晨雾追,密林掩池水,斑鸠回,鹊成对。独钓寂寞秋,采菊惜馀晖。

现场:
  一场晨露,带走溽暑热气,寒意渐渐蔓延。已是秋菊开放的时节,作者立于花间,双眼微闭,陶醉其中尽管菊花开在深秋,遭遇冷雨寒霜的欺凌,却未有消颓废立之相。秋菊依然如故、悠然自得地在自由的绽放,独享那秋日夕阳下美丽温暖的余晖,仿佛这天地都是它们独有的世界。渐冷的深秋,因为秋菊的存在,秋寒不再入骨;因为秋菊的淡然,秋躁归于平静。

物　华 ｜ 诗悟花木三百首
WUHUA SHIWU HUAMU 300 SHOU

菊花·冷泉

　　一叶红枫，几缕清泉。菊黄千山连，忆旧年、暮色小园。山岩静处，冷香绕枯涧，濛濛雨，萧萧天，莽莽天涯远。

　　涓流潺潺，梦影空缱绻。携手登高赋，孤舟近、越女歌甜。人生起落，生死一线牵，锦瑟心，多少年，从未有离怨。

现场：
　　秋雨濛濛，山泉清冽，满山野菊绽出了明黄晶莹的花蕊，将四周湿绿的山野点缀得分外凄清。一朵蓄满露水的菊花，散发出清新馥郁的香气。晶莹的雨水滴滴落下，汇成一湾潺潺溪流，曲折流转，一直聚入江中。一叶小舟从远处蜿蜒而来，船头站立着一位笑意浅浅的女子，在水畔古朴粗犷的戏台前停下脚步，梳起云鬓，唱一曲绮丽华美的越剧。佳人锦瑟，一曲繁弦，惊醒了作者的酣梦，不复成寐。这隐约包涵着美好的情境，却又是虚缈的梦境，也有着人生如梦的惆怅和迷惘。

菊花·愁休

离人多闲愁，江上泛孤舟。梦难留，霜风寒菊秋，道是别后思悠悠，山外青山楼外楼。

可叹红颜薄，随风烟水流。弦已断，犹有琴声留，真情难放也难收。秋风瑟瑟何时休。

现场：
　　古来文人骚客多有秋日离别之辞，作者亦感叹人间的聚散离合，写下了这首词。人与人之间总是在相聚、分离中反反复复地打转，感情也随之而起伏不定。追忆往日之事，桩桩件件，犹在眼前，却敌不过一阵秋风漫卷，有了相聚，为何还要有分离？以往相敬如宾的恩爱夫妻，却在上天作弄之下，摧毁纯真的人脆弱的心灵。

菊花·喜雨

雨润菊花娇欲滴，山野飘香，小舟远去月楼西。琴声细，紫烟迷，满地黄花积。千山如黛，佛塔独立，万丈红尘留真意，沥血呕心传真理。

现场：

作者站在楼外江畔，望江水环绕青山奔腾而去，又在遥远处汇聚，不禁遐想万千。山野之上，秋雨绵绵，朦胧中古琴声响起时，柔嫩细腻的黄菊，千姿万态，鲜艳夺目。不知是谁燃起一炉檀香，闻香遐想，宛如忆起旧年所有。远处，千山连绵，如美人漆黑如眉黛般墨绿，肩并着肩，一眼望不到边，在那山间，有大雁塔直顶白云天际，鬼斧神工，好不宏伟。但这一切，细细想来，唯有像玄奘法师一样，历尽九死一生的磨难，才能悟得如来境界中，得涅槃而去空无一物的感受，才能看见菩提七叶这佛之真理，获得大欢喜。

物华

桂花集十六首

桂花 · 风雨

秋风吟,夜深人寂,北雁南飞去。哪堪别离情,花落纷纷余叹惜,唯有桂香郁。花似碎玉叶玲珑,墨卷丹青殷勤记。海风急,摇落花蕊一地金,香浓染红泥。

现场:
　　台风肆虐下,桂花虽然摇曳飘落却不改清香,还有什么花朵能像桂花一样能够经受住寒霜冷露的洗礼,连久居的大雁都忙不迭地逃离这凄冷风雨。桂花的花朵纷纷掉落,可香气依旧,这份高洁自若引得千百年来的文人骚客纷纷赞颂。作者惜花,感慨这风雨何时才能过去,怜惜桂花跌落泥淖,可细细想来,落花香气浸染了泥土,岂不是更美的归宿。

桂花·香芬

甜香满园桂花新,十月凌霜独自馨。桂影婆娑静无语,谁伴嫦娥话孤情?吴刚砍樵断无影,玉兔难懂人间心。香雾迷散天涯静,黄金裁却冷锦衾。银河迢迢何时尽,花团锦簇满园林。绿翠枝头蝶恋花,碧纱帐里梦忆卿。

现场:

满园的桂花香气四溢,即便是十月的寒霜都不曾使它失去香味。作者坐于树下,抚树询问,桂花是否知道月宫中的嫦娥如今是谁在相伴,是否感到寂寥?吴刚自顾自己终日砍樵不可相伴,玉兔虽然乖巧又怎能懂得人的心思呢。作者有此问,是出于自身的孤寂,可细细一想,这桂花树的香雾笼罩着自己,美丽的花朵像闪烁的金粉,星空下显得幽静秀丽,这也是一种不可多得的雅趣。作者是以忘记了孤独,只希望能够常有桂树相伴,直到永久。

桂花·玉人

广袖长舒翩跹舞,娇巧玉容暗香幽。自古墨客展长卷,明月桂花在上头。有情吟得月含羞,长风飘香解千愁。紫壶清茶宜自乐,树影婆娑香自留。

现场:

桂树犹如佳人广袖慢舒,身形翩跹,美丽的面容忽隐忽现,伴着香气飘到远方。正好像这月光下桂花树的清雅,经历千年惹得文人墨客纷纷倾心。一阵清风吹过,馥郁的花香就能使人沉醉其中,泡开一壶清茶,静静地欣赏桂花树的美丽身姿,感受忽远忽近的幽香,感受连绵悠长的思念。

桂花·沉香

八月十五桂香飘,千朵散落琼枝梢。彩云逐月相思慕,桂花酒醇星汉遥。借问嫦娥为谁醉?玉兔独守广寒高。沉香一柱遥祥月,天上人间共听萧。

现场:

　　八月十五月圆之日,桂花花开满树,香飘万里。作者将嫦娥仙子想象为自己当年相恋的女子,表达了自己对她的思慕之情。桂花已盛开,感觉连春天都再度回来了,寒风都化作春风拂面,鲜嫩的花蕊伴着芬芳的香气,在十五明朗的月光下,格外令人心动。还有什么花儿能像桂花一样傲霜盛开,希望月神保佑桂花能年年岁岁相伴身边,可以同度这月夜清凉。

桂花·幽影

醉花金朵翠色盈,满园香沁,夜阑月独近。天高风凉秋虫吟,香魂入梦亲。

残塘空馀几飘萍,犹忆夏荷碧,红粉叠新衣。漫看桂枝幽独影,缱绻何时醒?

现场:
  桂花将开未开之际,一朵朵的金花点缀在翠绿的叶片之间,伴着满园的香气悠然,像是一位佳人依靠在翠绿的树旁。深秋之时虫声稀落,可梦魂却在这样的凉意之中显得安然自在。池塘里还有几片浮萍残叶,纪念遥远的盛夏之时,满园的荷花都盛放,红白相间的景象。可那又怎么比得上此刻的孤清沉寂,漫看这桂花犹如佳人,身影慵懒,栖于月下的美丽场景。

桂花·欲晓

雨润桂花娇,随风去,蜜香飘。暮色庭院,湖石叠错,秋霜度良宵。

谁人朗声读诗书?亭上古筝云水谣。若问清凉静几许?祝融峰高,黄山松老,雁塔萧萧。

现场:

作者从桂花树下经过,满身都在沾染着桂花的细小花瓣,一阵风吹来,仿佛仍能闻见桂花的香甜之气。看着暮色下的院落各处,堆叠着怪石嶙峋。秋天的霜色渐渐凝聚成了此时此刻的良宵美景。还记得当年是谁朗声读书的声音么,如今斯人早就淹没在远方的斜阳古道,身影只在牧歌里的水云之遥。此刻竟有当年夏日的清凉之意啊,只是不知道当年的青山可曾老去,当年的雁塔是否在风雨中萧索飘摇。

桂花·禅心

寂寂山寺桂花树,梵音回荡来时路。清香满沁放生湖,木鱼声中古意驻。遗念切切江东路,夜问蟾枝几朵熟?秋树染金香如故,慈悲寄语红尘悟。

现场:
　　作者借桂花所在的禅院佛寺的清净之境,表达了自己内心存在的一份禅意。山崖上的古寺之中栽种着一棵桂花树,日日夜夜都被寺院的钟声佛声围绕。树下便是寺院的放生湖,伴着寺院的木鱼声波光起伏。红尘中的功名利禄,终究会化为尘土,只有这桂花的清香始终如故。

桂花 · 秋霜

雨过风清传笙歌,翠叶金花秋瑟瑟。炊烟袅袅上天际,秋霜阵阵洗星河。

现场:

雨后清风吹来远处的笙歌,就好像当年离别之时的凄冷情怀,桂花翠叶带着清香充盈在天地之间,伴着远处袅袅升起的紫色炊烟,让人难以忘怀。还记得当时佳人衣衫上缀满的金色花朵,使得秋霜都带着清甜的气息,可美好的光景总是短暂的,佳人离去之后,只剩下了作者一人独自听着琵琶乐曲,漫看满天星河流转。

桂花·岁月

秋风伴斜阳，桂花朵朵黄。翠绿梢头丛蕾放，金玉堆满胭脂香。

霜月洒银辉，桂子落满堂。平常赋得惊人句，铁板铜琶唱大江。

现场：

《桂花·岁月》是一首感慨人事变迁，世事无常的小词。秋风吹拂，夕阳斜照，桂花树在夕照之中朵朵飘零。当年在翠色的枝条之上盛放，犹如一簇簇金玉吐露芬芳。月色之下又好像清霜凝结在树干之上，沐浴月华，散发银色的光芒。可一时间，岁月变迁，桂花凋谢，秋风催落，花瓣堆堆。回首想起往事，突然觉得平常巷陌之时也曾惊心动魄地度过了峥嵘岁月。忽觉岁月已逝，千帆过后方知淡泊是真。

桂花·琴瑟

　　风推轩窗桂飘香，亭上古琴曲悠扬。丹桂映出月如玉，盼得游子早还乡。独坐楼头烹清茗，且吟且啸相思长。浦江向海无反顾，凭风笑傲百尺浪。

现场：

　　《桂花·琴瑟》描绘了月下弹琴的闲适景象，和作者对于故人的思念之情。秋夜的风推开了小轩窗，送来了桂花的香气，同时也送来了远处佳人的琴曲。丹桂的红色映照着月光的银华，不经意间勾起了作者对于过往的思念。昔年远离家乡寻求功名，却不知道离开之后故乡只能在梦中出现了。作者在月夜独自烹茶，茶香萦绕出的还是深深的想念，想念故乡，想念佳人树下抚琴的模样。远远地眺望前方，希望前路顺利，自己也能展翅翱翔，早日衣锦还乡。

桂花 · 偶遇

风乍临,十月霜降添寒气。寻山溪,云雾朦胧夜寂寂。馥郁山间路,通幽显禅意。

当年忆,倩女素衣,情郎才俊,秋山听琴偶相遇。书相思,钟情寄,唯盼人不离,深秋桂花雨。

现场:

  微风拂过,十月的山间不觉已有几分寒意,作者不经意间走上了山间小溪旁的山路,在曲折迂回中恍惚看到一个婀娜的背影。枝条葳蕤,却挡不住佳人身上的香气,佳人好似桂树高洁,幽香散来,使得作者恍若置身仙境。这一次的邂逅,使得作者念念不忘,素女缟衣,这月下仙人此时身在何方,叫自己难以忘怀。下山别去之后,经年流转,那一日的身影却时刻浮现眼前,伴着当年的桂花微雨,印刻心间。

桂花·秋雨

百花都羡桂花娇,细细密密缝金袍。
霞光洒落幽香妙,秋凉带雨未曾扰。

现场:
　　百花之中,属桂花最为娇小,细碎的黄花似是披了一袭华丽的金袍,在月华霜色之中谦和含笑。霞光渐落之时散发出阵阵幽香,秋风带雨也不曾使它困扰。桂花年年岁岁相伴作者身旁,从不争春夺色,只静静地伴在身边,散发令人愉悦的香甜。

桂花·芳华

　　花影绰绰满枝梢，晚风习习，桂影随园绕。月洒银辉逐金浪，寒秋独立也独俏。

　　芳华易逝天易老，冷香馥郁，年年似今宵。一树繁花犹含笑，雨打碎金逐水漂。

现场：
　　桂花娇柔可爱，朵朵倩丽。作者举杯赏花，在香气笼罩之中，越发清醒，微风拂过，一阵阵花瓣掉落，在月夜下好似金粉飘洒，而桂花树却安然立于月下，静静看年华峥嵘。作者心道年华易老，却不知如何才能断绝这千年的烦恼，只好在梦醒酒醒之时，笑问桂花如何能够坦然自处。桂花不语，只将花瓣散入江河。

桂花·枫桥

秋迟桂花落,小舟泛溪过。旧年此时,山林寂寂古树默,霜染暮色薄。

别后相托,折枝难说。望穿山崖夕阳落,桂香飘万里,尘缘为一诺。

现场:

晚秋时节桂花飘落,小舟在溪水中划过。旧年的此时,也是这般,秋日的山林寂静安详,古树在夕阳下静默伫立,远处一抹斜阳秋色,点缀着枝条间的桂花花朵。自从别后,孤独难耐,梦魂惊醒之时,却只有秋风阵阵吹过。只有寂寞的山崖相伴,在霜色中无言相对。作者摘下一枝桂花,想要寄给远方的佳人,诉说自己的挂念,却不知佳人身在何处。

桂花·溪水

秋水伊人远,醉溪边,几片枫叶,飘去流年。芳草盈盈,桃花人面,金桂飘香雨绵绵。

茶香似旧识,临清泉,滴滴甘甜,谁续前缘?云破月来疏影纤,堪羡堂前双栖燕。

现场:
  秋水之间,伊人的身影早就远去,作者独自一人醉卧溪边,看着几片落叶在溪水中打转,渐渐地飘远,就好像抓不住的流年。想起当年佳人陪伴在身边的景象,她美丽的面庞犹如桃花般娇艳。可如今只剩下秋雨缠绵,思念绵远。还记得自己悄悄地看她沉入梦乡,贪看她的睡颜,青丝遮住她的脸庞。可惜梦境醒来之时,佳人竟然已经远去,作者惆怅若失,只能独自对着人去楼空,卷起珠帘,思念当年的点点滴滴。

桂花·沉醉

蓉城秋雨沥沥垂，池畔丹桂暗香随。泥沙懒被燕衔去，浊酒新停双鬓衰。枫叶片片风中落，沙鸥双双掠水飞。孤舟独饮江花醉，清风轻抚残月泪。胸中大志终难酬，闲看夜凉雨霏霏。

现场：

　　蓉城的秋雨入骨凄凉，却因此洗开了桂花的悠然清香。久居此地，日日闲看燕子衔泥飞来飞去，独自斟饮几杯浊酒，不由想起过往。红叶一片片飘落，映衬着远方的沙鸥掠过水面。月夜下乘着一叶扁舟在江上独自落泪，怀念青春的模样，多年来壮志未酬，到如今，只能茕茕孑立，独享着天地苍茫凄凉。

物华

梅花集十八首

梅花·傲然

冷香傲雪数瘦梅，怎奈春早回。动人最是寒中蕊，莫问群山问江水。

嘉陵峨眉叠重翠，谁人忘情东坡醉。兰亭闲看白鹤飞，牧童归去箫声随。

现场：

梅花虽然孤高清傲，却不影响世人对她的喜爱，她的花朵冰清玉洁，唯一遗憾的是春光将至，又怎么能够一直贪看梅花的傲然身姿？嘉陵两岸峨眉山麓都重峦叠翠，是谁在其中忘了时间，伴着梅花沉醉在山间。而梅花却在暮色将晚之时，闲适的看着远方天边白鹤翻飞，牧童骑牛归去，伴着箫声悠悠，此中妙处不可言传。

物　华　｜　诗悟花木三百首

梅花·含苞

　　冬梅含苞欲吐蕊，玉骨冰肌胜百媚。苍色满园，碧水残荷衰，犹忆芙蓉醉。寒雨惆怅相思寄，倚窗低吟情逐水。

　　望江数尽千帆过，几时梦中携手回？冷香傲骨山寺开，禅香入定执念退。青灯旧案伏，曲终千行泪。

现场：
　　一朵朵的寒梅，含苞欲放，这美丽的场景之中，往昔的姹紫嫣红又何在？苍色满园，没有一点亮色，那些花朵都受不了冬日的严寒，早早离开了枝头，碾入尘中。那连天的荷花，如今也只剩下了残叶枯枝，美丽的芙蓉也无力的卧在墙边，死气沉沉。在这萧条的景色当中红梅傲放，使得作者不经意间想起了远方的故人，是否她的情意也随着春日的逝去而消失了呢？怀想当日的快乐场景，到如今只剩作者一人孤灯相伴，唯恐这一生都再难见到她的面庞。不是自己无情无义，而是世间无奈的分离太多，那旧日的戏文之中，唱不尽的都是千百年来的生生别离之声。

梅花·晶莹

寒冰冻土生孤烟,傲梅晶莹独暄妍,琼枝摇曳晨风间。梦已圆,隔窗看花舞翩跹。

清丽旖旎玲珑女,红绸飘逸绮窗前,朝雨滴落醉泉边。北风起,扁舟载得冷香延。

现场:

  冰天雪地之中升起一缕袅袅孤烟,映照的是红梅凌霜傲雪,枝条被白雪雕刻出白玉的质感,在晨风之中轻轻摇曳。一夕的梦境已经圆满醒来,作者便伴着晨景看花朵被风吹动,似乎在舞动身姿。远处舞动的真的只是红梅么,分明是那佳人舞步翩跹,随着这清晨清冽的水珠滴落。北风凛冽,遥见远方的小舟载来一船的冷香沁人心脾。

梅花·古琴

雪中绿衬一枝红，今宵灯下听三弄，一曲清寒透情浓。北风吹得天地萧，待到春来花满陇，归燕鸣起山野风。

现场：

白雪堆堆之中，探出红梅一枝，褪去了春日的青色衣衫，显得格外娇媚，作者在这样的场景中听着一曲梅花三弄，而琴曲之中透露的竟是浓浓的情意。作者在弹着琴，感怀着这静谧萧条之境，静静等待春天的到来，希望春色满天地之时，依旧能在树下抚琴，感受穿越千万平原而来的这阵清风。

梅花·胭脂

　　胭脂点红梅，但怜群芳碎。任凭高处寒风烈，独品冰中醉。

　　待到春风回，含笑誉君美。滚滚红尘幕已垂，独领残雪岁。

现场：
　　《梅花·胭脂》抒发了作者对于红梅凌寒盛开却不争春色的赞美。红梅点点像是美人上了胭脂一般美艳，可这美丽的红梅竟然独自盛开在没有百花争艳的寒冬，孤芳自赏，清冷孤高。任凭这寒风凌厉似冰刃，也兀自傲霜凌雪，静静地品尝这冰冷的滋味。作者不禁喟叹，这样的美丽身姿，却在春天来临百花齐放之后，静静地躲藏在百花身后，都不曾接受过众人的夸赞。红尘滚滚时光荏苒，只有红梅敢在冰霜之中站挺身姿，孤独地度过一个又一个的严冬。

梅花·冷香

冬雪寒梅,摘一枝,留芳一岁。暖风已至,花落怎奈春回?心且归,冷香入梦,痴待来年醉。

现场:

《梅花·冷香》书写了作者对于春暖花开梅花谢去的无奈和怜惜。冬雪之中曾得几支红梅如血,似乎只要一枝梅花,便能将香气笼罩住整个冬天。可一转眼春天已到,美丽的梅花熬过霜雪,竟也抵不过季节流转。太阳渐渐炽热,大地渐渐回暖,夺去了梅花的鲜丽。花落无言,心间的遗憾只能静静地藏入梦中,等待明年梅花开时,再次感受这份动人的香味。

梅花·香尘

玉坠成堆化香尘，风雨几番涤飘零。倏忽竟遇同病怜，此番疼惜似知音。落花堪比红颜命，浊世亦能持初心。如若菩提树下坐，红尘看破悟空灵。

现场：
  作者感慨美丽的梅花化作齑粉，却依旧清高孤傲的品质。梅花凋谢散作尘土，却依旧一股清香扑面，可怜她风风雨雨之中走来，最后却也逃不出零落的命运。作者见此联想起自己的身世飘零，不免对于梅花有了同病相怜之感，于是便对其越发珍惜，心中充满了同情和喜爱。梅花的格调清傲，更胜于这尘俗之中的生命，作者希望自己也在浊世之中能够不被诱惑所迷，保持初心。即便是天地倒转，也能不忘本意。

梅花·寒江

凛冽北风，千江冰封。花枝萧瑟，月影不摇更凄清。小袄臃臃，缓歌漫调谁与同？

愁云惨淡中，飘落杏叶丛，清幽倩梦，千红万绿去何从？天涯一孤冢，唯有腊梅相迎送。

现场：

　　这是一首叙写腊梅傲寒的小词，抒发了作者对于腊梅的喜爱。严冬之下，江山千万里都被冰封，百花的花枝都没了花叶，在风中萧瑟。月色清凉，更加让人觉得凄寒。人们拥着厚重的冬衣匆匆而行，又有谁有心情来应和当年的缓歌漫调，只有无穷尽的凄苦漫上心头。这份凄空之中，当年的千红万绿何去何从，这冬日白雪，只有腊梅将这节气迎来，为冬日吟唱。

梅花·小楼

寒风过处红梅放,小楼轩窗匣西。细雨纷落花蕾碎,江阔暮云垂,孤舟守候谁?

谁惹倩女凝黛眉,云鬓竟染灰。斑斓已逝梦不归,折枝怜玉蕊,相思独徘徊。

现场:
　　寒风掠过之处,竟绽放了朵朵红梅,在小楼之北默默开放。细雨飘过便如香粉掉落,形成一阵美丽的花瓣雨,可这样的美景清美,映衬着远方的江水迷蒙,暮云层叠,唤起的是对谁的思念?作者内心浮现了当年佳人的身影,那一双美丽的眼眸,却黛眉颦蹙,有着什么心事。每每念及这些往事,总会心力交瘁,不知不觉中经年流过,鬓发都染上了风霜的痕迹,作者就这样思念着,怀想着佳人为何迟迟不能归来,若是他年能够再次相见,自己一定会重摘一朵红梅,簪在她的鬓边。

梅花·花飞

雪花飞,夜寒心扉,捶平胸中悔,不懂此种累。脉脉恨谁?转瞬物已非,惟留本心味,浊泪涌,滴滴皆含愧。

策马奔驰归,舞雪驰疆北。千年崖上梅,碑文书血泪。雪化山泉水,滋养天下美。驾扁舟一叶,沧海沐霞辉。

现场:

《梅花·花飞》描写了一个凄美的爱情故事,诉说了作者因为追求功名而远离了自己心爱之人,经年累月后佳人逝去,作者再想起往事的后悔心情。天地之间,雪花飞舞,不知道是不是故人的魂魄化作的这漫天琼碎。寒夜之中,心痛难忍,悔意充斥着每一根神经,当时自己追求功业,远离爱人,没想到一别竟然就是永远。再回此地,之间满目苍凉物是人非,这样的悔恨失望,又能责怪于谁?分明就是自己选择了功名,铸成了永远的悔恨。独登山巅,见到道路旁的碑文,字字句句经只能读出祭文里的悲伤血泪,这样的心痛,自己难道能够轻易忘却,一醉之后,难道就能驾一叶扁舟沐着霞光,淡看沧海么。

梅花·烟雨

江河晚，空对北风寒，梦里悠悠，忆何堪。当年堤岸，挥墨对清婉，青梅叶展。娟娟小楷，情深款款。小令月下猜，兰亭戏台，粉墨秦淮。

笔挥旷野山岭外，执手看梅开。朵朵鲜妍，洗尽烟雨尘埃。倾听琴曲，指尖心间，萧瑟对琴台。多少年，难忘怀。天涯人消瘦，花落人未来。

现场：

　　《梅花·烟雨》描画的是作思念故人，感怀往事的美好，如今斯人远去，生出了惜时惜人的叹息。江河寂寞，空庭已晚，作者独自面对北风呼啸的凄清寒冷，昨夜梦境中的一幕幕又浮现心头，却让人不忍想起。那是当年青梅竹马之时一同经过的堤岸，作者提笔泼墨，佳人歌声清婉。一笺小楷写出的是深情，横笛之声引出多少身影款款。还记得在月下猜拳的欢乐，如今这些场景都随着当时的琴声逝去了。多少年以后，佳人早就不在身边，作者感慨再也找不到这样的佳人知心相伴，这天地之间只余自己消瘦落寞无人关怜，美好的往事总是时不我待，一瞬间便真生出了莫待无花空折枝的感慨。

梅花·寒香

烟雨浸寒霜,梅绽凝幽香。踏雪路,挽红妆,绿袖还添芳。坐西楼,依卿旁,涛声湮灭霸王殇,柔情断寸肠。江风邀君往,大义逐波浪。

褪霓裳,品梅香,细思量。可泣丹心映照,千年笑苍凉。念岁月如梭过,倩女魂锁轩窗。狂草书昂扬,遣思常怀想。

现场:

　　《梅花·寒香》是对于英雄往事的扼腕叹息,一切的霸业终是归于尘土的感慨。烟雨之中浸润梅香,梅花慢慢开放,吐露清香。踏过雪铺就的道路,看着梅花,似乎是美人红妆,又着着绿色衣衫。想起当年霸王别姬,佳人也是在西楼默默相伴,可项羽又是怎样的心情才忍得辞别佳人,那一定是梅香阵阵催人断肠。江岸的风又吹过,带来的可是英雄的魂魄呢。这丹心映照天地留名史册,可终究湮灭在了滚滚红尘之中,多年过去之后,倩女的魂魄是否还系在西楼的朱窗,一切都已经过去,却总是怀念着不肯忘记。

梅花·小雪

冬日小雪坐园中,陌上溪岸寒意浓。又逢幽香迎面来,雪映梅花别样红。远观雾影近追风,鸟鸣间关啼山空。又见风叠罗汉松,夕阳洒落墨涛涌。十年独酿桂花酒,且饮此杯画长虹。

现场:

《梅花·小雪》描绘的是一幅雪中赏梅的闲适愉悦场景。作者冬日小坐梅花树下,远处的溪岸慢慢披上了银妆,突然闻到清香拂面,才看到新雪里又开了一支红梅,就像火一样美丽。眺望远处的雾影朦胧,静听林间的鸟鸣婉转生动,看着银色的泉水在石桥边流过,鲤鱼欢乐的跃出水面触碰清风。又见庭院之中湖石重叠,湖中游动的两只白鹅身影美丽。唤出家人拿出珍藏多年的美酒,与远道而来的朋友痛饮一杯,漫看天地浩大。

梅花·禅心

北风撕碎漫天雪,白天白地白庭轩。禅心善念雪中梅,薄衾可挡彻骨寒。吾生跪拜擎天力,长灯不灭影不斜。待到山寺禅门开,漫看红梅艳如血。

现场:
  作者看着满天北风,吹落雪花,染白了天地,染白了中庭,严寒肆虐,但禅心却可以涤荡这份孤清,即便衣裳单薄,心中也不觉寒冷。我辈跪向天地,想向天地借力,希望能够使得自己在凛冽北风中能够保持不染纤尘,犹如这天寒地冻间还能看到红梅傲霜凌雪。

梅花·冬风

阵阵冬风,水冷山空,残叶亦遭落霜冻。飞鸟无踪远阳隐,灰暗无穷。黄菊残,唯有梅艳斗严冬。

遥望湖畔寒鸦,难呼舟楫,远处雾蒙,摘荷秀娘恍如梦。衔泥燕,翻飞驰纵,漫天彩霞流涌。月圆出,梨花香动,红袖抚琴咏。

现场:
　　《梅花·冬风》是一幅冬日写实,怀想夏日之作。在这呼啸的北风之中,山水间一片凄空,残存的树叶,也被风霜冰冻。路上的行人穿着厚重身形臃肿,燕子早就南去很久都没有看到踪影。太阳也隐在云层里,不愿出来,小猫慵懒的缩成一团,连傲霜的菊花都失去了神采。一切事物都似乎被寒霜震慑,不再具有原来的活力,只有梅花笑傲冬风。在这份孤清之中,看远处迷茫雾气,竟然浮现了夏日采莲小舟,怀想当时燕子翻飞的活力场面,还有那月下抚琴的心境。

梅花·红袖

　　雪雨歇，夕阳斜，石阶斑斑腊梅血。疏竹影，倩魂离，晚风摇曳残恨迟。红袖拭泪语凝噎，长天碧草相思寄。

　　多少苍凉谁堪理？暮色茫茫月冷凄，何人眷怜孤身惜。心牵挂，寒夜为君加暖衣。

现场：

　　暮色时分，冬雨渐歇，石阶上斑斑点点的缀满了梅花的残瓣，像是血滴一般触目惊心。在点滴的水声之中，看着竹子摇曳，暗暗地拭去怀念离人的泪滴。故人为何还不归来，难道没有看到远方的地平线上已经开始有了春的气息？这冬日的苍凉谁来爱怜，何人眷顾，佳人却无心思考自己，只兀自盘算着怎样才能给远方的爱人寄去寒衣，寄去自己的思念。

梅花·情迷

　　问春雨,谁最孤凄风几许?崖上寒梅风霜敌,孑孑孤立却无语。任其残蕾花落,有谁惜?世人多为百花喜。苍茫大地,渺峰远千里,独有红楼,黛玉葬花祭。

　　人间情,相识相恋依,多少海誓山盟记,无奈圆缺阴晴替。天也嫉,鸳鸯相会复梦离。只留人独立,沉浸情关里,不复为人迷。

现场:

　　《梅花·情迷》描述了对人事难求,风雨相摧的无奈。这一阵阵的春雨,纷落了时间,这风中站立的是谁的身影?山崖上的梅花无言地在冷风中挺立,没有哭泣,却孤独冷清,任凭这花瓣片片凋零。谁来可惜这梅花凋谢?百花浅开,人们窃喜春天即将到来,没有人为梅花觉得可惜。这人世的事情多是如此,任凭多少的山盟海誓总有被叛相隔,总有着时过境迁的无奈。相依相伴的往事已经过去,只留下作者一人痴立风中,沉浸在过去的情绪里,却不再为别人动心。

梅花·幽庐

晓风寒意重,吹散松间雾。凄身心不孤,霜天伴残木。昨夜雪满山,晨笛唤幽庐。避世修禅心,寒梅香如故。

现场:

早晨的风挟裹着重重的寒意扑面而来,吹散了弥漫在松林间的薄薄雾霭。作者在幽庐之中,伴随着霜封的草木,细看昨夜大雪笼盖的山野。幽庐避世,作者独立风中,却不经意间和佳人心意相通。不知道自己唱出禅声之时,她愿不愿意陪着自己一同虔诚地在梅花幽庐间忘断尘俗。